Cualquier verano es un final

Ray Loriga

Cualquier verano
es un final

ALFAGUARA

Papel certificado por el Forest Stewardship Council®

Penguin
Random House
Grupo Editorial

Primera edición: enero de 2023
Segunda reimpresión: febrero de 2023

© 2023, Jorge Loriga Torrenova
© 2023, Penguin Random House Grupo Editorial, S. A. U.
Travessera de Gràcia, 47-49. 08021 Barcelona

© Diseño: Penguin Random House Grupo Editorial, inspirado en un diseño original de Enric Satué

Printed in Spain – Impreso en España

ISBN: 978-84-204-5653-9
Depósito legal: B-20224-2022

Compuesto en Arca Edinet, S. L.
Impreso en Unigraf, Móstoles (Madrid)

AL56539

Cada vez que no sé qué decir, voy silbando.
THOMAS TRAFFORD

The gates were open, the hills were begging.
ERNEST LEHMAN

I

Les contaré lo peor que me ha pasado: confundir, en un sueño, una oca con un alce después de haberme obsesionado durante muchos días y sus correspondientes noches con un poema de Elizabeth Bishop. Según parece, hay que fijarse en los detalles. La realidad tiene engranajes y piezas muy pequeñas.

Las orlas, por lo visto, son esenciales, y los pespuntes, los flecos, las cenefas, las golas, los tocados, los chapines, todos los principios y todos los finales importan. Afilado o romo. ¿Detrás de qué? ¿Escondido dónde? ¿A qué hora exacta se fue?

El azul, el verde y el marrón de los mapas delimitan, y mientras tanto la vida se comprime hasta caber entera en una bolsa de canicas, pero a nadie parece inquietarle. Y eso que no he mencionado mi ridícula colección de sellos (tres), o las suelas de los zapatos, que cuando se despegan parece que van a hablar.

Pero vayamos con lo que he venido a contar. Aún no saben siquiera quién es Luiz, cuánto mide, cuánto pesa, cómo se dobla el puño de las camisas, cuánto pelo le queda en la cabeza, cuántas muelas, con qué frecuencia revisa el aire de las llantas de su bicicleta, o las pilas de su linterna.

Malditos detalles...

Cuando de niños mirábamos las cosas, ¿no estaba el valor, y hasta la inteligencia, en nuestros ojos? En las banderas dibujadas había un sable cruzado por una pluma, una corona de laurel, un gallo, una rosa, una daga, un cazamariposas, dos tibias, un roble, un bastón, una guadaña... Detalles. Pero, a pesar de éstos, veíamos (o creíamos ver) lo esencial. ¿Cuál es la diferencia entre una oca y un ganso? O entre un alce y un ciervo.

Vista cansada... Ja. ¿Por qué no decir la verdad? Me están arrancando la vida de los ojos.

Mienten, y saben que mienten. Aunque sean médicos cualificados.

Se imponen algunas puntualizaciones.

Nunca animé a Luiz a empeñarse en morir, ni, en contra de los muy extendidos rumores, maté a mi tía Aurora. Ni siquiera maté al capataz de la finca de Pago de San Clemente. Ni caminé por las calles de Praga, ni crucé el puente de Carlos en dirección a Krizovnicke mirando con envidia a otros hombres que paseaban a jovencitas en calesas, ni deambulé junto a los llamados (entre sí mismos) poetas en los falsamente bohemios círculos literarios de Madrid, ni me colé de polizón en los ferrocarriles de carga entre verdaderos miserables, ni crucé miradas lascivas con la *prima ballerina* del

Bolshói, ni bailé con las tristísimamente alegres tiqueteras en la costa de Chile, cerca de Horcón, ni disparé con armas de fuego, ni peleé con los puños, ni monté a caballo, ni toqué el violín, ni negocié con desertores en la puerta de Brandeburgo, ni jugué con peces escorpión y tortugas gigantes a cuarenta metros de profundidad en una isla remota de la costa malaya, ni comí peyote con los huicholes en el valle sagrado bajo la mina de Real de Catorce, ni fui blanco ni fui negro, ni sé dibujar, ni clavé sombrillas en la playa, ni te dije adiós.

No, ni hablar, nada de eso. Habladurías, inexactitudes, maledicencias. Una sarta de mentiras, un oscuro enredo, un formidable embrollo. Nada que ver con la realidad. Yo nunca hice eso, nunca «asesiné y creé», que dirían el bueno de T. S. Eliot o el loco de Blaise Cendrars. En realidad, apenas hice nada. Cursi por dentro y podrido por fuera (y viceversa), vago, digno de ninguna confianza, bueno para poco.

Ni siquiera sé si tengo un amigo o sólo lo he construido minuciosamente en mi imaginación. Pero el caso es que, para mí, existe. Me lo repito con frecuencia insana en la ducha, tratando de convencerme: Luiz existe.

¿Cómo iba a desear perderle precisamente a él?

Pero he empezado con mal pie.

Primero, supongo, son de rigor las presentaciones, y ajustarse bien el nudo de la corbata.

Yo soy más del previsible cuatro en mano que del Windsor, más que nada por vagancia, pero da lo mismo, hay un nudo para cada cuello.

Cuestión de gustos.

Me llamo Yorick (bueno, en realidad no, pero en realidad sí), y casi todo lo que vengo a contarles es cierto y espero que aclare de una vez por todas este triste asunto, al menos en lo que a mí concierne. Tengo ya tantos remordimientos que me niego a cargar con culpas que no sean mías.

Mi padre, un señor muy serio con un macabro sentido del humor, me rebautizó Yorick (enterrando mi nombre verdadero) por un bufoncillo muerto prematuramente en *Hamlet*, sí, el mismo cuyo cráneo sujeta el joven príncipe cuando pronuncia la dichosa perorata. También porque al parecer, según me contó mi madre, de bebé lloraba muchísimo, pero eso es más bochornoso aún y menos literario. Mi padre adoraba a Shakespeare como otra gente adora las patatas fritas, el sexo o la mentira. Murió también prematuramente, mi pobre padre, atropellado por un camión, aplastado sería más preciso, bajo un camión de dos ejes y casi dieciocho toneladas, perteneciente a la flota de su propia empresa, aquella en la que había trabajado toda su vida como contable. Así son las cosas algunas veces, por mucho Shakespeare que leas. Yo era muy pequeño y apenas guardo recuerdos de mi padre. Según he visto en las fotografías, llevaba bigote. Mi madre lloró un poco y enseguida se rehízo y encontró, por medio de una prima soltera, un empleo como azafata mostradora de galletas en una cadena de supermercados. Se convirtió de la noche a la mañana en una de esas señoritas encantadoras que ofrecían galletitas gratis en los setenta, supongo que eso ya no se lleva, y sonreían a todo el mundo y entablaban conversaciones intrascendentes con desconocidos mientras trataban de promocionar delicias de nata. Mi madre no había trabajado nunca, fuera del deprimente trabajo del hogar, y descubrió que le encantaba. Se acicalaba todas las mañanas para ir a ofrecer esas galletas, malísimas por cierto, junto a su alegre prima, y volvía a casa al anochecer con los pies molidos pero satisfecha. Sospecho que tanto ella como su prima coqueteaban dentro o fuera del trabajo con algunos caballeros, pero en casa jamás entró ninguno y así, frente al resto de la familia y ante el mundo en general (la parte del mundo que nos mira), mi pobre madre fue siempre una viuda irreprochable. No ganaba mucho dinero, pero con su sueldito y la pensión de viudedad nos daba para vivir holgadamente. Mientras iba y venía, me dejaba al cuidado de mi tía Aurora, una señora requetefina, viuda a su vez del hermano de mi padre, dueña de un temperamento insoportable, dotada de una habilidad especial para hacer mal hasta los huevos duros, y a la que le encantaba que su pequeño caniche le chupara los pies y sólo Dios sabe qué otras cosas. Una nota más sobre mi padre: mi madre decía que tengo su voz y mi tía Aurora asentía convencida con la cabeza, pero es difícil saberlo a ciencia cierta. Dicen que cuando me escuchan, si cierran los ojos, creen estar delante de mi padre. Supongo que de nostalgias imprecisas como ésa están hechos los fantasmas. Y los sobrinos favoritos.

Y más o menos hasta ahí mi infancia. Pasemos a otro tema.

Estaba yo sentado en un espolón frente al mar, en Arroyo de la Miel, Málaga, pensando a qué iba a dedicar mi existencia, pensando de veras, con verdadero ahínco (al fin y al cabo, rondaba ya los treinta años y era hora de pensar), cuando escuché a dos niños malagueños de no más de diez la siguiente conversación:

—Dime, Curro, si pudieses convertirte para siempre en un animal, ¿cuál sería?

—¿No puede ser sólo durante un rato, y después volver a mi estado natural?

—No.

—¿Para siempre?

—Eso es.

—Déjame pensarlo...

Tardó mucho tiempo en pensarlo, y el otro chico se impacientó. Y dijo de pronto:

—Un cerdo.

—¡No vale, aún no he elegido!

—Pues has tenido tiempo de sobra. Lo siento, ya no se puede elegir.

Me lo tomé como una señal y sentí la urgencia de decidir en serio, y deprisa, qué hacer con mi vida. Había ido a la universidad y hasta había hecho un posgrado en Edición y Gestión Editorial en el extranjero, en Cardiff concretamente, no con el dinero de las galletas, sino con algo más que nos prestó la tía Aurora, rica y sin hijos, a la que había sabido camelarme con más habilidad que mis no menos ávidos pero más torpes primos, de modo que no tenía excusa para no tener futuro, y puede que ni derecho. Y mucho menos después de dos años de prácticas en Nueva York, cortesía, una vez más, de la dichosa tía Aurora (gracias y mil malditas gracias), durante los cuales ni aprendí ni edité nada, ni conseguí avanzar un paso. Así que ese mismo día, frente al mar de mi desconsuelo, sintiéndome un perfecto inútil prematuramente derrotado por la vida, decidí dar un giro a mi existencia, me puse en serio con ello y, algo más de veinte años después, aquí estoy, dirigiendo mi propia editorial de clásicos atípicos ilustrados para jóvenes eruditos. No es por presumir, pero la idea fue mía. «Jóvenes eruditos», y no a la inversa, como queriendo hacer hincapié en la condición primordial de la primera palabra y la mera condición de añadido de la segunda. Quién no cambiaría, sin dudarlo, la engorrosa condición de erudito por la hermosa condición de joven. No es que fuera nada tan original, hay mucha gente que se dedica a esto, lo llamen como lo llamen. Se trataba, sencillamente, de no ilustrar los mismos clásicos que se han llenado de dibujitos mil veces, la Biblia, *Tom Sawyer*, el *Quijote*, *Moby Dick*, el *Romancero gitano*, *Gulliver*, *La isla del tesoro*, el *Cid*, *Drácula*, *Alicia en el país de las maravillas*, etcétera. Hacer algo, por así decirlo, menos obvio (de ahí lo de atípicos). Nos fue sorprendentemente bien, hasta el punto de convertirnos en líderes en nuestro humilde sector de literatura infantil (o juvenil), aunque he de confesar que sospecho que la mayoría de nuestros títulos los compran adultos que desean tener una conversación ligera sobre, pongamos por caso, Felisberto Hernández, Sándor Márai o George Eliot sin tener que leerse ningún maldito libro. Por descontado que apenas hacemos, por así decirlo, un acercamiento a textos y autores, reduciendo la trama a mero esqueleto y dejando que páginas escogidas de los libros originales proporcionen, con suerte, un aroma de estilo, un pálido reflejo de lo que son en realidad. Algo más raquítico aún que lo que en el oficio se conoce tradicionalmente como un *abridged*. La aportación esencial la constituyen, o eso intentamos, unas hermosas ilustraciones. Ese mérito no es mío, sino de Alma, nuestra dibujante.

De no ser por su talento, nuestra editorial carecería de valor, de sentido y desde luego de éxito. Me gustaría pensar que nuestra pequeña colección sirve, como los tráileres de las películas, para que alguien se acerque después al libro real, tal como fue concebido. Y en caso de no ser así, creo que no hacemos daño a nadie ofreciendo elegantes objetos para regalo. Apacibles y coquetos libritos para la mesa del café. Sea como fuere, las cuentas cuadran, y después de unos comienzos duros, como suelen ser los comienzos, he conseguido vender la editorial a un gran grupo holandés, ya saben cuál, y apenas tengo que asistir a algunas reuniones en calidad de asesor y, claro está, socio fundador, y al reparto anual de dividendos, cuando los hay. Siendo sincero, no hay mucho de lo que sentirse orgulloso; si mi pequeña editorial ha logrado salir adelante, se debe más a la generosa ayuda de (otra vez) mi tía Aurora (quién si no) que a mi propio mérito. También he de confesar que, a pesar de que siempre he tratado de no resultarle excesivamente gravoso, llevando los números lo mejor que he sabido, su repentina muerte, qué duda cabe, constituyó a la postre una ayuda insustituible. Un golpe de suerte. Aunque sería feo decirlo así, porque se cayó de lo alto de una escalera en mi presencia, pero no, como dijeron algunos, por mi culpa. No me considero un moralista y tampoco soy supersticioso, bastante tengo con dedicarme a la necrofilia literaria como para matar también a mi amable mecenas.

En fin, todo este desagradable y trágico asunto quedó aclarado en el juicio, así que para qué volver a revisar tan siniestro capítulo. Además, quiénes son mis primos para andar levantando sospechas infundadas sobre si le puse o no la zancadilla en lo alto de aquella escalera de mármol del cine Capitol. Afortunadamente el cine estaba lleno y no faltaron testigos para corroborar mi versión; se tropezó ella sola, y si no pude hacer más por sujetarla fue por mera torpeza y distracción, desde luego no por alevosía. Cayó rodando con estruendo delante de todos cuantos abandonaban la sala por el gran hall principal.

Trastabilló grácilmente para caer después a plomo, como una guayaba pocha, entre un centenar de espantados espectadores. Debí avisarla de que para ir a un cine en Madrid, y además entre semana, no hacía falta vestirse de largo ni subirse en unos tacones altos, y hasta ahí mi culpa, pero la tía Aurora era así de coqueta. Cada vez que salía se imaginaba la pobre que iba a la ópera.

La película, si no recuerdo mal, era *Chocolat*, una cursilada insoportable con la que mi pobre tía había llorado y todo.

En fin, que Dios la tenga en su gloria.

No tenía tanto dinero mi tía, pero, como nos lo repartimos a partes iguales el caniche y yo (que se jodan mis primos), me tocó un buen pico, lo suficiente en cualquier caso para mantener el pequeño negocio a flote. No me he hecho rico, claro está, no se hace uno rico con los libros, aunque tengan dibujitos; sin embargo, siendo un hombre soltero (y austero) que sólo sueña con la jubilación, me llega y me sobra para pasar el día evitando jugar al golf, reduciendo a Baltasar Gracián a unas cuantas viñetas y más que entretenido viendo cómo el mundo se va al garete. Carezco de grandes ambiciones y no me duele lo que no tengo. Desde un principio, mi propósito sólo fue vivir la vida como unas discretas y largas vacaciones (a costa de mi tía Aurora, lo reconozco), y a eso, paradójicamente, he dedicado todos mis esfuerzos. En cuanto al amor, no hay gran cosa que contar. Defraudé a un buen número de mujeres, que se esmeraron en reprochármelo, y ahora estoy solo. Quiero imaginar que en el fondo nunca me enamoré, en caso contrario tendría el corazón roto y no es eso lo que siento, sino una persistente parálisis facial y una enorme molestia en el párpado derecho y el ojo que éste debería cubrir, todo por culpa de un tumor cerebral que me extirparon hace algo más de un año y cuyas secuelas perseveran.

Por cierto, estuve muerto durante un par de minutos largos en la mesa de operaciones y ni vi a Dios ni nada parecido. Ni luz al final del túnel, ni túnel siquiera, y de hecho no me enteré de nada, ni hubiese tenido la más mínima noción de tan trascendente experiencia en el umbral si el cirujano no me hubiese contado el episodio de paro cardiorrespiratorio y la subsiguiente reanimación un par de días después de la intervención quirúrgica, pasado ya el sopor de la anestesia. Para entonces ya estaba yo más preocupado por la incómoda sonda entre mis piernas que por la vida futura, preguntando a cuantos entraban en la habitación cuándo iba a poder hacer pis de nuevo como es debido. Preguntando es quizá mucho decir, porque apenas se me entendía por culpa de la parálisis facial. Ahora ya hablo mejor, gracias. También me quedé sordo de un oído, pero esto, que puede parecer una molestia, ha acabado por convertirse en una ventaja. Cuando en el piso adyacente están de obras, no tengo más que tumbarme sobre el oído sano para dormir la siesta tan plácidamente, y si alguien en una reunión o en una cena me resulta muy tedioso, me basta con sentarme a su izquierda, ofreciéndole mi oído sordo y evitándome así soporíferas conversaciones. En resumen, que no tengo gran cosa de la que quejarme en lo que a salud respecta. Hasta he conseguido andar solo, lo cual no es poca cosa. Me explicaron los médicos que esta clase de tumores cerebrales, schwannomas vestibulares se llaman, que crecen tras el oído y muy cerca del tronco del cerebro, y sobre todo cuando superan los cuatro centímetros, como era el caso, aparte de resultar potencialmente mortales consiguen que se vaya el equilibrio a hacer puñetas y cuesta un poco volver a cogerle el truco a eso tan bobo de poner un pie delante del otro. En fin, tampoco hay que extenderse mucho en el maldito asunto de estar enfermo; si algo aprendí en el hospital es que no existe nada más aburrido que la enfermedad. Todos somos más o menos lo mismo en esas circunstancias, y la unidad de cuidados intensivos es una especie de factoría de ponte mejor y sigue o ponte peor y muere. Un hotel muy mal iluminado donde el *check out* puede ser a cualquier hora y, en el peor de los casos, definitivo.

También puede pasar que bajes a planta, vuelvas a tu cama y sigas con lo que fuera que fuese tu vida, como finalmente ocurrió. Luego llegan las visitas, pocas, no tengo muchos amigos, Alma no me quiere, Luiz vive en Portugal y Giorgio, en Venecia (aunque es sardo), y, a decir verdad, tampoco los avisé (no avisé a nadie, para qué vamos a engañarnos). Ah, también está Terry, pero hace siglos que no le veo, y además Terry es bombero y, por lo tanto, está más interesado en las desgracias colectivas que en las individuales. En resumen, que en realidad sólo llega el siempre puntual ejército de fisioterapeutas, logopedas, neurólogos, oftalmólogos (y sus colegas de oculoplastia y orbital), los alegres muchachos de maxilofacial, los circunspectos neurocirujanos (claro está) y un sinfín de despreocupados y encantadores estudiantes de Medicina en prácticas, apenas adolescentes, que aún miran la muerte y la enfermedad con ojos soñadores. Total, que estás la mar de entretenido. Tanto que no tienes casi tiempo de pensar en nada.

Cuando por fin te pones en pie, después de un par de semanas de tambaleos, y consigues fumarte un cigarrillo en mitad de la noche, al final del largo pasillo donde se esconden las viejas ventanas no vigiladas del ala sur del antiguo edificio anexo al hospital renovado, claro que ves y sientes cosas, entre los agónicos gruñidos nocturnos y el distraído duermevela de los celadores, pero son los pájaros de plumaje exótico del vulgar reino de no estoy muerto todavía, no las aves del paraíso.

Durante esos escasos escarceos nocturnos te cruzas de vez en cuando con algún que otro penitente, agarrado igual que tú con una mano a la percha con ruedecitas de la sonda y con la otra a la baranda que recorre todas las paredes a ambos lados, pero sabes que lo que menos apetece en tales encuentros es entablar conversación. A un casi muerto, cuando se cruza con otro, le basta y le sobra con un ligero movimiento de cabeza, un saludo de reconocimiento entre fantasmas, un *nod*, un *chapeau*, un «váyase usted por donde ha venido».

A los reyes y a la muerte se los saluda con el mismo indefinido respeto.

Pero no venía a hablar de eso, sino de mi amigo Luiz y de este formidable verano.

Estamos en Carvalhal, un pueblecito de la costa de Portugal. Apenas dos chiringuitos (tirando a pretenciosos), sólo un buen restaurante local, O Granhão (invencible el arroz con caldo de pescado), ninguna farmacia, un par de pequeños ultramarinos y unas playas infinitas. Luiz se crio allí, antes de que el mundo entero se pusiera de moda y este lugar también. Por eso, porque se ha puesto muy de moda, apenas salimos de casa.

Luiz está sentado junto a la ventana de su cabaña cerca del mar, una de las escasas cabañas de pescadores que quedan en la zona, ahora plagada de suntuosas pesadillas de arquitecto, o de diseño, o comoquiera que se denomine a las arbitrarias construcciones del monstruo de la prosperidad, y me dice:

—¿No es extraño cómo algunas personas se empeñan en enredar su vida con la de otras hasta que es imposible saber si son culpables de algo, o víctimas de algo, o cómplices de algo, y así hasta que este alambicado entrelazarse con los demás nos lleva a no saber lo que somos ni lo que hacemos, ni tan siquiera lo que pensamos, sin que ello nos acerque a clarificar ni a comprender las causas de los otros?

—Se llama sociedad, Luiz.

—¿Y tú y yo?

—Es distinto. Tú y yo somos amigos.

Nos quedamos callados, y así pasamos mucho rato hasta que Luiz se levanta, dice ¡hala! y se pone con la cena.

Todos los actores franceses saben cantar, ¿y qué? Luiz también, pero este detalle tampoco es importante. A menudo cantamos canciones de Lio (que es, como Luiz, portuguesa) y yo le hago los coros. No nos queda mal, nuestras voces empastan y ninguno de los dos desafina, y en cualquier caso nadie más nos escucha.

Voy a hablar de Luiz un millón de veces antes de que esto termine. Y me perderé un millón de veces en detalles intrascendentes. Y mira que lo odio, perderme en detalles digo, no a él ni desde luego la intrascendencia. Cuando se levanta y se va, desconsuela; cuando regresa, alegra, y ni siquiera estoy seguro de que se dé cuenta. A veces se gira, a veces no. Le sigo con la mirada, pero ¿lo sabe?

Me gustaría hablar sobre todo de los buenos ratos que pasamos juntos, en los que, como decían antes al otro lado del Atlántico, «hablamos a través de los sombreros», que no quiere decir otra cosa que hablar muy seriamente sobre algo de lo que no se sabe nada en absoluto, aunque me temo que antes tendré que referirme al pasado invierno, cuando fui a visitarlo a Suiza, al lago Constanza, a aquella adorable residencia. Al lugar exacto que había elegido para morir.

No lo había escogido por capricho, claro está, sino porque era una de las pocas instituciones en el mundo que ofrecía la eutanasia legal, sin otro requisito que la propia voluntad de morir. Sin que hiciese falta ningún condicionamiento médico de por medio. La voluntad de morir, un complicado proceso legal, mucho tiempo por delante y el dinero para pagarlo era todo lo que se necesitaba en esa moderna institución, rodeada de cabañitas individuales junto al lago, para estirar la pata a gusto. No se pensaba morir en serio, por supuesto. Según me aclaró al llegar, sólo estaba husmeando para hacerse una idea, medio en broma, una mera toma de contacto. Todo lo medio en broma que puede uno andar buscando un lugar para matarse.

Un sitio precioso, la residencia, todo hay que decirlo, un enclave soberbio, en el mismo corazón de Europa, a pocas horas de Lisboa o Madrid, cerca de casa, pero lejos, muy lejos del mundo de los vivos. Muy conveniente.

Ahora, es decir, en el antes de después que les estoy contando ahora, estamos precisamente en la residencia de la muerte.

Como era de esperar, resulta imposible sacar nada en claro de su atolondrada conducta. Se esconde detrás de su disfraz, igual que hacía en los dichosos carnavales. Por debajo de sus zarandajas escucho el estruendo machacón de la batucada.

—¿No es fantástico cómo algunos piensan que todo se puede arreglar pensándolo mucho?

—dice Luiz—. Mira, tal como lo veo, si metes un tucán en una jaula, es muy difícil que se pinte las uñas, por mucho tiempo libre que tenga.

—¿Qué coño quiere decir eso?

—Que a veces no hace falta terminar los planos para saber que una torre se va a caer.

—¿No tienes intención, aunque sea muy remota, de hablar en serio? Lo digo por mantener viva una llama de esperanza.

—¡Oh, Dios! Parecemos una pareja que lleva lustros sin sexo y empieza de pronto, un jueves, a hacerse reproches.

—Cuando quieres resultas muy pero que muyyy insoportable.

—¿Por qué no te limitas a disfrutar del viaje? Con mirar por la ventanilla es más que suficiente. Hazme caso.

—No te me pongas Yoda, te lo pido de rodillas. No he venido hasta Suiza para escuchar a un enano imaginario hablar al revés.

—Y pensar que pensé que con el tiempo llegaríamos a ser grandes amigos... Por cierto, ¿cómo va el amor o, ya que estamos, el sexo?

—Empate a cero.

—¿Siempre has sido tan reacio a contestar preguntas personales? ¿Algún trauma quizá?

—De niño pedí a los Reyes un microscopio y me trajeron una lupa.

—Oh, si es por eso, de niño le pedí a Santa Claus una hermana y me trajo un hámster.

—¿Cómo se llamaba?

—¿El hámster? Salgao, como todos los hámsteres.

—Yo tuve uno que se llamaba Flint.

—Flint. Vaya nombre más absurdo para un roedor. En cualquier caso, me imagino que, visto con la lupa, parecería un monstruo.

—Hasta una R mayúscula parece un monstruo mirada con lupa.

—Supongo que no te falta razón.

De pronto abandona la payasada (sabía que sólo era cuestión de tiempo) y hace como que habla en serio.

—¿Cómo estás?

—Bien, mucho mejor. Ya hasta me pongo los calcetines solo. Y ahora vayamos con lo tuyo. ¿Qué es esa absurda idea de morirse?

—No es nada, no te vuelvas loco. ¿Me crees capaz de matarme en serio?

—¿De qué otra manera puede uno matarse?

—Tú estuviste una vez en Bangkok, ¿no? O en el parque de atracciones. Te subes a la noria, te bajas...

—No veo la relación.

—No pensabas quedarte ahí arriba, ¿no es así?

—No, claro que no, sólo estaba de visita.

—Pues esto es algo parecido. Sólo que en vez de camisas de flores llevamos albornoces. Y en lugar de algodón dulce comemos queso *appenzeller*.

Y así todo. Si lo llego a saber no vengo. Pero me estoy adelantando; eso en realidad me lo dijo luego, mucho después del comienzo de mi zozobra.

Así que, en ese inquieto y lejano ahora, sentado en el taxi que había tomado en el aeropuerto de Zúrich y que me conducía en suizo silencio por suizos parajes, no podía dejar de pensar en qué habría llevado a mi buen amigo Luiz a emprender un viaje tan macabro.

Ya había visto morir de cerca a un buen montón de gente, mi madre sin ir más lejos, que murió de un infarto mientras pelaba gambas de Huelva para la cena de Navidad; mi padre, bajo un camión (de acuerdo, eso no lo vi, pero lo había recreado una y otra vez con morbosa exactitud); mi tía Aurora, con ese clavado sin agua en la bahía del hall de un cine; incluso yo mismo me había muerto un ratito, pero no aposta. Ninguno de esos decesos, o sombras de guadaña, incluía el elemento del libre albedrío, o la voluntad, así que esto de Luiz me pillaba de nuevas y por sorpresa.

Mientras miraba pasar montañas y valles monótonamente hermosos, las ideas se agitaban sin sentido, como los bailarines de mil colores saltaban alrededor del pájaro de fuego de Diáguilev, y aunque la música me sonaba mucho, no acababa de descifrar la coreografía. También danzaban alegres los numeritos en el taxímetro, acumulándose en la cuenta de taxi más cara que recuerdo haber pagado en mi vida. De Zúrich al lago Constanza. Casi dos horas a precio de taxi suizo. En cuanto al conductor, si no me hubiese dicho buenos días al entrar y adiós al llegar a mi destino, habría pensado que era mudo. No sé si ese hombre intuía en mi rostro lo siniestro del motivo de mi viaje o sólo me ignoraba, atendiendo a la tradicional naturaleza neutral del país. En cualquier caso, su silencio me daba la oportunidad perfecta para sumergirme en mis pensamientos, que es lo peor que te puede pasar cuando no sabes en qué demonios andas pensando.

El paisaje, sería injusto negarlo, era digno de prestarle más atención. Ni más ni menos que el paraíso a la entrada y la salida de cada curva (y había muchas). Las altas pero no demasiado escarpadas o amenazantes montañas, los lagos perfectos, los tupidos bosques, las vaquitas rubias y atléticas, las sólidas, hermosas pero sensatas construcciones, hierba, y más hierba, recién cortada y cuidadosamente peinada, un infinito verde y amable... Y, como en el paraíso (o en el infinito), no podías evitar sentirte a cada paso un poco más fuera de lugar. Como si todo el campo y los nada pintorescos lugareños te estuvieran susurrando sin malicia alguna: «Tú aquí no. No te atrevas a pisar esta hierba». Ojalá supiera o me interesase describir tanta belleza y el formidable rencor que me produce, pero, en fin, uno ha venido a lo que ha venido, y no hay postal que le distraiga. No quería entonces, ni quiero ahora, embelesarme. Estaba allí, o eso creía, para salvar la vida de un amigo. Un alma gemela que parecía decidida a irse sin despedirse.

He de decir que mientras nos aproximábamos a la residencia Omega, cerca de Rorschach, al sur del gran lago Constanza, también se me pasó por la cabeza que mi buen amigo estuviera en realidad tomándome el pelo, gastándome una broma siniestra que sólo en su absurdo y retorcido universo paralelo podría tener alguna gracia.

Con frecuencia Luiz se reía mucho de cosas que yo no entendía, y ésta bien pudiera ser otra de esas ocasiones. Siempre sospeché que encontraba cierto placer en verme desconcertado, como si le resultara más encantador con cara de bobo.

En el centro Omega de Rorschach, donde, según rezaba la publicidad, «la voluntad se respeta», las visitas estaban, como era de suponer, restringidas. La gente va allí a morirse, no a que la importunen. Aun así, antes de irme de esa en absoluto lúgubre residencia principal, desde la que apenas se vislumbran las suicidas cabañitas individuales, dejé pertinente notificación de mi presencia, que, según me fue asegurado, llegaría a su destinatario.

También me recomendaron el café más popular de la pequeña aldea de Rorschach, la población más cercana, a menos de veinticinco minutos andando, como posible punto de encuentro, y me advirtieron (no dejaba de ser un centro médico) de que, si me daba por pasear un poco al aire libre y llevaba en mi bolsa de viaje una bufanda, me la pusiese. Qué gente tan encantadora. Por un lado matan y por el otro abrigan.

—Puede que su amigo vaya y puede que no, eso según él lo desee. Pero sin duda le transmitiremos su recado.

—Se lo agradezco encarecidamente.

—Faltaría más.

—Café Mozart. Lo he apuntado bien, ¿no?

—Así es. Es el sitio más conocido de por aquí, no se preocupe.

—Allí estaré.

—Pues tenga usted muy buen día. Y no olvide la bufanda.

Despedida suiza, fría y cálida al tiempo.

Desconcertante.

Dejé la residencia y me encaminé hacia Rorschach, colina abajo. No tenía pérdida, era la única población iluminada.

Entré por lo que parecían las arcadas de una villa feudal en una placita arrancada de un cuento de Navidad, con ese aspecto irreal que tienen las cosas en Suiza, como si de pronto te encontraras ocupando tu lugar, previamente decidido, en el paisaje a escala de una maqueta de tren. En consonancia me sentía diminuto, consciente de

mi proporción reducida, de insignificante minia-
tura, en un mundo magnífico e inmóvil. Quitando
el traqueteo del tren de mi imaginación, claro está.

Y no, no llevaba bufanda, y sí, hacía un frío
del carajo.

Le esperé, tal y como me habían indicado, en
el Café Mozart, un establecimiento muy mono
en la plaza del pueblo, realmente encantador,
acorde con el insoportable entorno. Pedí una cerveza, con la esperanza de volver al mundo real y a
mi tamaño. Sólo tenían una marca local, Sommerbier, así que me resigné a continuar habitando
la extrañeza.

No sé exactamente cuánto tiempo esperé,
pero sí recuerdo que empezaba a estar un poco
borracho después de unas cuantas Sommerbiers,
así que justo antes de que por fin apareciera había
decidido, con buen criterio, pasarme al café.

Luiz entró en el local tan guapo como siempre, con su aspecto de ninguna preocupación sobre los hombros y un precioso fular violeta que no
le conocía alrededor del cuello. Ese mismo cuello
largo, de cisne, que tantas veces había besado.

Sí, Luiz y yo nos besábamos a menudo. Siempre
en partes legales del cuerpo. Nunca en los labios.
Nuestra historia de amor, y me resisto a llamarla de
otra forma, estaba más anclada en la sincronía que
en el deseo. Por lo demás, comprendía todos y cada

uno de los elementos esenciales en un romance que se precie, las mariposas en el estómago en su presencia y una dulce desesperación en su ausencia.

Así que estaba dulcemente desesperado cuando por fin llegó. Aparte del fular, llevaba el abrigo largo de pieles de su difunta madre —martas cibelinas, creo, color plata bruñida— que tan bien le sentaba.

—*Ciao, bello!* Qué sorpresa verte por este vecindario.

—¿Desde cuándo es éste tu barrio?

—Oh, sólo estoy de turismo. Una temporadita nada más. Me alojo en una de las pequeñas cabañas cerca del lago.

—Sé dónde te alojas, querido. He estado allí y una enfermera con aspecto de miembro de la guardia privada de Gadafi me ha echado con la más exquisita educación y la más severa de las miradas.

—A la gente que va allí no le entusiasman las visitas inesperadas.

—Supongo que debe estar todo sujeto al programa.

—Eso es, no te lo puedes ni imaginar. Esto de morirse aposta es una cosa tremendamente complicada. Tienen que ser muy rigurosos.

—Sí que me lo imagino, no te creas. He leído los prospectos mientras esperaba a que me recibieran... para después echarme.

—Lo tienen todo muy bien organizado, ¿verdad? No es de extrañar, con lo que cobran.

—Pago por adelantado, supongo.

—Sí, sí..., pero es una organización sin ánimo de lucro, no vayas a pensar mal, todo lo que generan se reinvierte en investigación médica. Tiene toda la lógica, con lo que ganan con los que desean morir tranquilos ayudan a los que quieren seguir vivos.

—Y nerviosos.

—Eso.

—Así que ya se acabó el alboroto...

—... y ahora *empiessa* el tiroteo —respondió canturreando.

Cuando Luiz cantaba, aunque fueran canciones de la guerra civil española, sonaba siempre a *bossa nova*. Parecía haberse tragado la voz de Caetano Veloso con una fina loncha de la picardía de Carmen Miranda en un exquisito sándwich mixto.

—Me temo que, en contra de mi costumbre, tendré que pedirte alguna explicación.

—Las explicaciones... Por Dios, qué lata, siempre acaban sonando como excusas.

—Siento ser tan pesado, es que te he cogido cariño.

—Es mutuo, ya lo sabes.

—¿Y...?

—Y no mucho más..., si te digo la verdad. Te agradezco que hayas venido, pero no tenías por qué preocuparte, no pensaba llegar hasta el final, sólo estaba viendo cómo funciona. Te puedes echar atrás en cualquier momento, ¿sabes? Bueno, *casi* en cualquier momento.

—¿No tenía por qué?

—No, hombre, es una curiosidad normal.

—Y muy cara.

—Muy cara, sí. Los de la Buchinger, al otro lado del lago, no son, en eso al menos, muy distintos de nosotros, sólo que ellos persiguen la eterna juventud... Pero ¿qué quieres que haga con mi dinero? Ya sabes que detesto comprar cosas. Y además, cuando éramos jóvenes a todos nos gustaba este asunto de la muerte, ¿no?

—Imagino que nos gustaba vestir de negro y hablar de la muerte nos parecía sexy. No es lo mismo.

—¿Y no se puede ser sexy a los cincuenta?

—No en Suiza.

—A todo esto, si no me alegrara tanto verte, te preguntaría cómo demonios has sabido...

—Me lo dijo Alma.

—Alma..., cómo no... Qué encantadora.

—Sí, esa Alma.

—Es una chica adorable, pero no sé por qué se inquieta, y ni siquiera sé cómo se ha enterado, no hablamos hace eones... En fin..., creo que sé dónde ha *pescado* la información.

Mientras lo decía, movió las manos imitando el gesto de lanzar el anzuelo con una caña imaginaria y recoger carrete de un sedal inexistente.

—Ajá.

—Pobre Simão, no puede resistirse a un chismorreo. No le culpo, debe de ser muy aburrido vender artículos de pesca.

—Comprenderás que el chismorreo, como tú lo llamas, era peculiar...

—Oh, todos lo son, si eres curioso. En cualquier caso, no le dije dónde estaba, sólo le comenté, en un descuido, la naturaleza de mi excursión.

—Mi querido excursionista, supongo que sabes que tus amables doctores de la muerte se anuncian en la red, es bastante fácil dar con ellos. No hay muchos resorts como éste en el mundo.

—Hay otro en Canadá.

—Me consta, pero me imaginé que no te habrías ido tan lejos. De excursión...

—No, no..., qué absurdo. Teniendo esto al lado de casa, como quien dice.

—No veo que te tomes *esto* muy en serio. Tal vez debería haberlo sospechado, no es más que otra de tus excentricidades, ¿no es así?

—Más o menos, qué más da. No hay que tomarse todo tan a la tremenda. Siempre has sido muy alarmista, querido amigo. Por cierto, cómo has llegado hasta...

—En taxi, desde Zúrich.

—Te habrá costado un ojo de la cara... Es igual, me alegro de que hayas venido, te echaba de menos. Los gastos, por supuesto, los cubro yo.

—No digas tonterías.

—Sí, sí..., faltaría más. Debes tener cuidado con tu dinero, sobre todo teniendo en cuenta tu entusiasmo por la jubilación. Y ahora vayamos a lo importante. Aquí, como te puedes imaginar, dan un chocolate caliente buenísimo y una repostería que no tiene nada que envidiar a la austriaca del otro lado del lago. Déjame que te pida una taza y una selección de mis tartas favoritas...

En eso se aflojó el fular, y ambos nos relajamos mientras empezaban a llegar los *strudels*.

Total, que pasamos el resto de la tarde tomando chocolate caliente y deliciosas tartaletas y bollitos y bizcochos, y al menos durante aquel encuentro no volvimos a hablar del tema.

En cierto punto de la conversación, mientras disfrutábamos de los dulces, y viendo que no pensaba mostrar seriedad alguna en el preciso asunto que yo había ido a tratar, me dediqué a observarle de soslayo, con la secreta intención de dilucidar si su apariencia podría ofrecerme las pistas que su conversación me negaba. Pero la verdad es que lo vi igual que siempre. El mismo diabólico y formidable aspecto.

Nunca me había gustado su maldita buena planta. Para empezar, su delicada complexión me hacía parecer fornido (o grueso) y, a pesar de que éramos más o menos de la misma estatura, su cuerpo ocupaba la mitad. No es que yo esté tan gordo, es que él parece tener los huesos más delgados, o no tenerlos, como uno de esos espantosos caballitos de vidrio soplado de Murano, y sin embargo su estructura es a la vez sorprendentemente firme y no le falta resistencia a la hora de llevar a cabo arduas tareas físicas: cortar leña, arreglar la casa, pintar paredes, cubrir de brezo el tejado de su cabaña de pescadores, construir cercas, clavar postes, cambiar las enormes ruedas de su Jeep de la Segunda Guerra Mundial o nadar mar adentro. Cuando caminábamos bajo el sol daba menos sombra, pero a cambio andaba, nadaba y bebía más deprisa que yo. También se reía más, y cada vez que lo hacía se le agitaba un flequillo revuelto y rubio que le daba un aspecto despreocupado y adolescente, comparado con el cual me sentía muy viejo. Si hubiese sido capaz de hacerlo, le habría envidiado. Su jovialidad estaba teñida de una cierta melancolía que le hacía aún más atractivo, pero, como buen hijo de Júpiter, renunciaba a ser tragado por su destino y no tenía ni rastro de la tontuna de los guapos. Vestía de cualquier manera, es decir, de cualquier manera acertada, lo cual me daba también mucha rabia, porque a mí las gorras de caza me hacen parecer un tronchazarzas; los fulares, un gigoló trasnochado; el esmoquin, un camarero (ni siquiera un crupier), y los trajes oscuros, un sombrío enterrador. Podría seguir, pero ya se pueden hacer una idea de que no me tengo por el bello Brummell y que en cambio arropo a Luiz, en mi mente, con toda clase de galanuras.

Y sin embargo ahora, en ese ahora de esa tarde helada, me pareció, a pesar de sus elegantes hechuras y su envidiable buen gusto y sus putas martas cibelinas, dispuesto a sucumbir ante no sé bien qué tinieblas.

Y se me ocurrió pensar que, camino al infierno, importa poco cómo vayas vestido.

No daba la sensación de ser un hombre a punto de acometer un suicidio, al menos de momento, pero la semilla de mi intranquilidad estaba ya bien plantada.

Todo este asunto de la no muerte de Luiz, ese grotesco sí o no, requería más tiempo, si es que pretendía entenderlo, y aunque en ese día preciso él le restaba importancia, reduciéndolo todo a una forma, por así decirlo, diferente de entretenerse en invierno, se me quedaron las ramas de la preocupación enredadas en la bufanda que no llevaba.

Cuando tu mejor amigo decide ir a pasar unas vacaciones a la casa de la muerte, hay que prestar cierta atención.

Al salir del café me dijo que debía volver a la residencia para continuar con sus siniestras pesquisas. Prometió, eso sí, invitarme a la casita del lago.

—Nos dejan recibir visitas, sólo hay que anunciarlas. Ya sabes cómo es esta gente de sistemática. En Suiza no hay sorpresas.

Caminamos por la orilla del lago hasta la salida del pueblo y en la entrada del sendero que llevaba a la residencia se despidió amablemente, rechazando mi proposición de acompañarle hasta su cabaña.

—Oh, no..., ni hablar... Lo tengo todo revuelto, hace tres días que no dejo entrar al servicio de limpieza, imagínate el desorden. No, hoy no es posible que entres allí, además ya es tarde. Mañana lo arreglaremos todo como es debido y te invitaré a almorzar, hay unas vistas preciosas desde la cabaña. No sé si lo tienen muy bien pensado, se le quitan a uno las ganas de morirse. En fin... Elige un hotel en el pueblo, hay varios muy cómodos cerca del café en el que hemos estado, y si te parece bien te recogeré allí mismo mañana a eso de la una. Ya sabes que aquí se come temprano.

Por supuesto, le dije que sí a todo y, después de un breve abrazo que me pareció algo más corto y más frío de lo habitual, le vi alejarse por el sendero hacia las luces de la residencia.

Me extrañó que no volviese la cabeza para un último adiós, y permanecí inmóvil anhelando un gesto que no se produjo, como quien espera un tren del que al final no baja nadie, hasta que le perdí de vista entre los árboles. Entonces me giré y caminé sobre mis pasos de vuelta al pueblo.

Ya era tarde y tenía que buscar dónde pasar la noche.

No me fue difícil encontrar alojamiento; como bien había dicho Luiz, había allí muchos hotelitos, a cual más agradable. Escogí uno pequeño frente al lago, de ambiente familiar, por más que no tuviera yo, ni allí ni en ninguna parte, familia alguna que añorar. Dejé mi bolsa en la habitación y bajé a cenar.

El comedor era de madera con una gran chimenea de piedra, manteles rojos rematados con un sencillo encaje, discretos centros de flores en cada mesa y apenas seis o siete clientes disfrutando ya de lo que parecía a simple vista una cena exquisita.

Me recomendaron el pescado, fresco, del mismo lago —«hay quien viene hasta aquí sólo por el pescado», me dijo la camarera—, y sin poder ni querer negarme me dispuse a disfrutar de un lucio, captura del día.

También hay quien viene hasta aquí sólo por la muerte, pensé, pero, claro está, no dije nada.

Para bajar el chocolate caliente y los pastelitos me pedí una buena jarra de cerveza. Mientras esperaba mi lucio untando pan con mantequilla, me dediqué a observar discretamente al resto de los comensales. Una pareja mayor de unos ochenta años que se trataba con extrema delicadeza, no con la ruda costumbre con que se tratan los matrimonios longevos cuando no hay nadie delante, compartía vino, cuchicheos y arrumacos. En otra mesa, un hombre de negocios cenaba solo. Me pregunté de dónde venía esa expresión, «hombre de negocios», como si el resto de los mortales fuéramos haraganes o no tuviéramos ocupación ninguna; en fin, un tipo cabizbajo y ausente como podría haber parecido yo a cierta distancia, con la única diferencia de que él llevaba traje y corbata y yo iba de sport, con una gruesa chaqueta de *tweed* y un jersey de cuello vuelto. Finalmente, al fondo del comedor había una pareja muy joven, apenas adolescentes, de aspecto entre punk y gótico, con infinidad de *piercings* y crucifijos y abalorios. Monísimos los dos. Me quedé mirándolos quizá demasiado tiempo, porque me pareció notar que se molestaban, así que dirigí de nuevo la mirada hacia mi mesa justo en el momento en que aterrizaba un hermoso lucio preparado al horno con patatas, verduras y un sinfín de hierbas aromáticas.

Me pregunté por qué Luiz no habría querido quedarse conmigo para la cena y qué suerte de excusa estrafalaria era esa de la cabaña revuelta. Habíamos compartido casa, pensiones, cama, en las mejores y las peores condiciones del mundo. Es una forma de hablar, claro está, ni mucho menos se trató en ningún caso de condiciones dramáticas, como mucho de pensiones de medio pelo, pero el asunto era que nunca habíamos mostrado esa clase de pudores entre nosotros y ahora se refugiaba en su cabañita de la muerte con el remilgo de una antigua señorita de provincias.

Joder, qué bueno estaba el lucio.

Con una última copa de un licor suizo llamado hada verde, que en realidad es absenta, seguí pensando en nosotros.

En una cosa llevaba razón: de jóvenes a todos nos encantaba hablar de la muerte, como si estuviéramos bailando con el diablo devoto en el alegre carnaval de Barranquilla. Pero, demonios, a quién no le gusta darse importancia a esa edad. Quién, estando aún tan lejos, no coquetea con el placer de dejar de ser, frente al continuo y pesado hastío de ser.

En fin, pensé que lo mejor sería dejarlo correr hasta el verano. Apenas quedaban unos meses y tampoco me pareció buena idea andar apresurando conclusiones o atosigando a mi amigo con preguntas impertinentes. Si él quería hacer la pantomima de que no pasaba nada raro por apuntarse a un cursillo de suicidas aficionados, no iba a ser yo el que le sacase de su sueño o de su, por así llamarlo, pequeño teatro.

Claro que también podía ser que no se tratase de teatro ni de sueño alguno, sino de una decisión largamente planeada que por lo que fuera, torpeza mía o habilidad suya, se me hubiese escapado durante todo este tiempo. En cualquier caso, no parecía que lo más inteligente fuera tratar de apretarle las tuercas para lograr no sé qué tipo de confesión. Al fin y al cabo, Luiz nunca ha tenido tuercas que apretar, y hacernos confesiones de cualquier tipo o deshacernos en sentimentalismos no formaba parte del protocolo estricto de nuestra profunda amistad. Lo que fuera que nos lleváramos entre manos se basaba más en guardar un sepulcral silencio acerca de nuestras verdaderas intenciones que en andar desenterrando grandes secretos.

Si es que los hubiera, o los necesitáramos, que eso tampoco estaba nada claro.

Sentados sobre una rama con los pies colgando, distraídos y confiados. Ésa era la actitud que cimentaba nuestra amistad, y no un sinfín de aburridísimas confesiones. No sentíamos la necesidad de preguntarnos nada, en tanto en cuanto habíamos decidido desterrar de nuestro pequeño reino toda clase de respuestas. Como un paraguas viejo y un zapato desparejado enterrados en el fondo de un armario, estábamos tan a gusto siendo olvidados, y olvidándonos al tiempo de nuestra supuesta utilidad. Al igual que las cartas que no se terminan pero no se tiran por si acaso, estábamos sujetos a las leyes de un limbo encantador. Habitábamos la nada a nuestras anchas, un no tiempo y una no obligación frente a los cuales cualquier esfuerzo nos parecía digno de lástima y profundamente impertinente.

Resumiendo, nos gustaba vernos a menudo y no incordiarnos demasiado. ¿No es eso también (simplificando mucho) el amor?

Ya sé que hablo por dos, pero el amor, una vez más, impone esa tarea: desplegarse en dos, como la bisagra que permite que se abra la puerta. Por mucho que digan de la libertad individual y bla, bla, bla..., el amor no se ha inventado para andar por libre. El amor es una sola cosa, una sola casa y una sola causa, y negar esta estúpida razón es no estar estúpidamente enamorado.

Así que nos juntábamos con frecuencia, en cualquier lugar, con cualquier excusa y a la menor ocasión.

Si por lo que fuera algo fallaba, siempre encontrábamos tiempo para reunirnos en verano en su casita de la playa, un mes o al menos unas semanas, tuviéramos lo que tuviéramos que hacer, lo cual, por otro lado, no solía ser gran cosa. Luiz no trabajaba demasiado, y en cuanto a mí, a pesar de haber tenido que hacerlo, no me gustaba nada trabajar ni le prestaba a lo que hacía más atención de la estrictamente necesaria. Nunca tanta como para que me distrajera de lo importante: estar con Luiz. Perder el tiempo juntos se había convertido en nuestra tarea predilecta. Juntos, los días no pesaban, ni se acumulaban ni se restaban, ni estaban sometidos a ningún cálculo, ni por supuesto eran esclavos de ninguna finalidad. Juntos, los días eran arbitrarios y nuestros, vacíos y sin embargo completos, por fin libres. Amanecían y se apagaban sin dejar más huella que el dulce rastro que eligiéramos atesorar nosotros. Y así había sido siempre desde el día en que nos conocimos.

Recuerdo una mañana en Madrid, después de haber pasado la noche bebiendo martinis en la coctelería Del Diego y muchas cervezas en cualquier bar abierto del centro (y más tarde entre lateros chinos), en la que amanecimos en lo alto de un andamio de un edificio en rehabilitación frente a la Red de San Luis, rodeados, y me gusta imaginar que protegidos, por todos esos gigantes de bronce que pueblan, insolentes, los tejados de la Gran Vía. Era una mañana soleada y cálida de finales de primavera y despertamos allí arriba cuando escuchamos llegar a los albañiles del primer turno. Yo desperté primero y, al mirar a Luiz, que dormía tan plácidamente, con el cabello alborotado como un niño, me dieron ganas de besarle en la frente. No me avergüenza decir que de esa madera está construida nuestra amistad. A menudo las mujeres con las que he compartido momentos más o menos duraderos y más o menos felices sentían cierta envidia por la manera en que miraba a Luiz, pero qué quieren que le haga. Al demonio con los celos. A la guerra va uno solo, aunque vayan muchos. Y cualquier carta en el bolsillo de la guerrera, aunque sea prestada (como bien sabía Rilke), o incluso inventada, sirve. Después de todo, cuando suceda lo fatal, la bala que atraviese esa misiva será la que traspase nuestro corazón.

Nuestra guerra sólo tenía una causa: estar tranquilos. Ningún otro tesoro, ni santo grial, ni territorio por conquistar, ni playa a la que llevar firmes nuestros lanchones de desembarco, ni enemigo contra el cual desenvainar nuestros sables; no defendíamos con nuestro ejército imaginario sino la bandera de nuestra sagrada tranquilidad.

Aunque quizá me estoy pasando de bélico. Aspirábamos sin más a que nos dejasen en paz. Y lo conseguíamos. Sólo con él me sentía en calma, amenazado por nada. A salvo. Y, sin embargo, formidablemente vivo. Soñar a su lado era como tener leones en la cabeza. Leones dormidos, pero leones al fin y al cabo. Quiero pensar (de hecho, me encanta imaginarlo) que nos habríamos defendido con uñas, dientes y rugidos (como leones), o, de manera más prosaica, a tortazos, si alguien hubiera osado profanar nuestro pequeño imperio de holgazanería. Lo cierto es que no había enemigos reales ni especies depredadoras a nuestro alrededor. La amenaza que percibía como constante e inevitable era de la misma naturaleza que la paz que pretendo defender, es decir, imaginaria.

Alguien pensará que cuando hablo de Luiz exagero, pero yo pienso que es justo a la inversa, que a menudo me quedo corto. Estoy seguro, y no hay nadie que tenga derecho a llevarme la contraria, de que los momentos más plácidos de mi vida los he pasado a su lado, sin saber bien por qué.

Aun subido a un andamio.

Como cualquier hijo de vecino, podía soportarlo casi todo, la bruma oscura del aburrimiento, los días amontonándose para nada, el odioso asunto de tener que ganarse la vida, el cansancio, la enfermedad y hasta la amenaza de la muerte, pero, como todo el mundo, ¡necesitaba mis dosis de felicidad!

Este extraño asunto de querer matarse, como es lógico, movía la barca (o el andamio), aunque, por otro lado, su manera de quitarle hierro me devolvía a la ligereza con la que él le restaba gravedad a todo aquello que pareciera importante y, en consecuencia, pesado. Como cuando esa gitana quiso leernos la fortuna en Sevilla, cerca de Triana, y Luiz la despachó diciendo que jamás pagaría por saber el final de su historia. Y cuando la mujer, como suelen hacer, le lanzó las mil maldiciones, se limitó a añadir: «¿Ve usted? Al final me ha regalado un siniestro futuro gratis». O como en aquella ocasión en la que tuve que ir a sacarle del calabozo en Oporto, después de un altercado con la policía en un tugurio de esos que tanto le gustaban y a los que nunca me dejaba acompañarlo. Al salir, maltrecho, de la comisaría, y después de darme las gracias, como si hubiera ido a recibirle a la estación de tren para una visita de cortesía, me llevó a desayunar al Majestic, sin siquiera mencionar su ojo morado y su camisa rasgada, y mientras daba cuenta de unos huevos Benedict con encomiable apetito, se puso a hablar como si tal cosa de lo extraño que le había parecido siempre que la gente decidiera leer todos los años el mismo aburrido libro —esos que llaman *best sellers*—, cuando nadie era capaz de ponerse de acuerdo en cuál era el mejor calzado para andar por casa. Por supuesto no hizo ninguna alusión al episodio de la noche anterior, en el que, según me contó un amable agente de la *segurança*, había despachado a tres matones en una trifulca a altas horas de la madrugada y a punto había estado de tumbar también al policía que trataba de detenerlo. No todo lo que hacía en esos antros, imagino, era pelea; la mitad, supongo, era deseo, pero ni de lo uno ni de lo otro mencionó jamás nada.

Por si alguien siente curiosidad, he de apuntar que Luiz andaba por casa siempre descalzo, sin calcetines, en invierno y en verano, tal vez para presumir de esos pies tan delicados como sus manos, que parecían desmentir la vieja teoría de que venimos todos de los monos. Aunque me resulta impensable que hiciera algo por el mero hecho de presumir.

Era francamente difícil, por no decir imposible, pillarle vanagloriándose de algo, o sencillamente dándose importancia por nada.

Lo cual me lleva directo al tren de pensamiento que yo creía que compartíamos, sentados uno junto al otro en el mismo vagón; nada malo nos puede pasar, llegaremos en calma a ningún sitio.

Ése y no otro era el origen, la naturaleza del tránsito, y por supuesto el destino de nuestro viaje.

Donde Luiz fuera iría yo, tan tranquilo, puede que incluso por delante de sus pasos. Si se trataba de la muerte, bienvenida. Iríamos caminando de la mano, sonriendo, como habíamos hecho siempre. Aunque también podría ser, y eso era lo que de pronto se me antojaba más probable, que yo estuviera anticipando acontecimientos. Pensar en morir no es desde luego morirse. Es quizá tirar lastre en mitad de un vuelo impreciso. Asustar al miedo ante lo inevitable, haciendo ruido, golpeando una lata si acaso, como hacían los falsos nativos para ahuyentar al tigre en las antiguas películas coloniales de Hollywood, hacer el ganso, fingir coraje, distraer los días. Tal vez no fuera más que eso. Puede que, como bien opinaba él, yo exagerara al preocuparme tanto. He de reconocer, aunque me duela, que de los dos yo siempre fui la reina del drama. Y Luiz, el distraído adolescente descalzo. No quiero, por otro lado, dar la falsa sensación de que mi buen amigo fuera en ningún caso indolente, o falto de decisión o iniciativa. Sin ir más lejos, cuando asaltamos una pequeña licorería (o botillería, como allí las llaman) a las afueras de Zapallar durante una

Semana Santa que pasamos en la costa chilena, fue capaz de comprar antes cinco pares de zapatos de distintos números, incluidos dos pares de tacón, para que la policía local se desorientase al revisar nuestras huellas sobre la tierra mojada. He de añadir que si bien asaltamos la botillería, eso es un hecho, no fue por maldad sino por necesidad. Era un largo fin de semana festivo, la Fiesta de Cuasimodo, creo recordar que la llamaban, y nos habíamos quedado sin whiskey, y después de romper el cristal de la ventana y asaltar el establecimiento, Luiz se empeñó en dejar sobre el mostrador del humilde negocio dinero más que suficiente para reparar los daños y pagar al menos una docena de botellas de Johnnie Walker, generosa compensación por las dos que nos llevamos sin permiso. Por qué pudimos comprar zapatos de tacón rojos en un mercadillo y en cambio la venta de alcohol estaba prohibida durante la celebración religiosa tiene más que ver con la arbitraria burocracia de la fe que con la lógica.

Anécdotas alcohólicas aparte, no acababa de entender cuál era el motivo de mi preocupación, tan acostumbrado como estaba a las peculiaridades y extravagancias de mi buen amigo Luiz.

Quizá me alarmó Alma, y todo era culpa suya desde el principio.

Estaba en casa, recién llegado del hospital, solo y medio impedido, pasando las Navidades más siniestras del mundo, cuando recibí su llamada.

Todavía me encontraba apenas en primero de logopedia, que es como tener un *cum laude* en balbuceo, así que la conversación no fue demasiado fluida. De hecho, era la primera vez que contestaba una llamada e intentaba, por tanto, hablar por teléfono. Evidentemente sin éxito.

—No te entiendo nada. ¿Qué dices que te pasa? ¿Eres tú?

Alma, a todas luces, no hablaba *balbuceo*. No logré hacerme entender.

—¿Estás borracho?

Así es Alma, yo medio muriéndome y ella dando por sentado que andaba de juerga.

Como veía que la cosa no tenía arreglo, me limité a escuchar.

—Te llamaba porque estoy preocupada por Luiz. Simão me dijo el otro día que se le ha ocurrido no sé qué absurda idea de ir a suicidarse a Suiza. Imagino que no es verdad, pero he pensado que puede que esté triste. Simão dice que lleva en Suiza más de un mes y que al parecer no piensa volver. No sé, suena a broma, pero a veces estas patochadas son señales de alarma, o llamadas de socorro. Tal vez deberías llamarlo. Yo no consigo que me responda. Desde que terminó lo nuestro, no he podido hablar con él.

Conseguí decir okey, y besos, pero no sé qué entendió. Después colgué.

Ahora debo tratar de explicar por qué al hablar de Alma no puedo evitar ciertas dosis de rencor y hasta un poso de amargura. Bueno, en realidad no hay tanto que explicar, si acaso el estúpido orgullo herido de un pomposo aspirante a seductor. Lo reconozco, traté en su día de que Alma se interesase por mí y en cambio, como era de esperar, se enamoró de Luiz. Y Luiz de ella, al menos durante un tiempo, y después, sencillamente, mi gran amigo se distrajo en otra causa.

Enseguida me olvidé del ridículo que había hecho y traté de recuperar la formidable amistad que Alma y yo habíamos tejido, pero tengo la sensación de que desde entonces, desde mi absurdo cortejo y el molesto añadido posterior de su breve romance con Luiz y su consiguiente desengaño, mi relación con ella, por decirlo con suavidad, se ha resentido.

He intentado hablar con Alma muchas veces del asunto, pero nunca me queda claro si he conseguido avanzar siquiera unos pasos en la dirección adecuada. Estas cosas del amor y los celos son más complicadas que la identidad de Euler. Al final mucho me temo que, al tratar (¿de buena fe?) de enmendarlo, todo el episodio se volvía todavía más molesto en su memoria.

Yo sólo quería que ella supiera hasta qué punto comprendía que prefiriese a un adolescente despeinado, descalzo y encantador a un viejo rimbombante y mal calzado, por más que el viejo y el joven tuvieran la misma edad, la misma estatura y, a pesar de mis alucinaciones, no tan diferentes hechuras. Pero, como dicen en México, ni modo.

Por otro lado, cada vez que trataba de excusarme a mí mismo esa absurda pretensión de antaño, cuando en mi insensatez creí posible enamorarla, me daba la sensación de que Alma ponía mala cara. Imagino que simplemente le aburría todo el asunto, o que siempre resulta incómodo decirle a un imbécil que te has percatado de su condición. Me hubiera encantado que fuera posible retirar los torpes intentos de seducción con carácter retroactivo, pero ¡ay, amigo!, no lo es.

Debo añadir que también es muy posible que todo esto sólo suceda en mi imaginación y que Alma ni siquiera se diese cuenta de mis intenciones, pues lo que he dado en llamar «torpes intentos de seducción» no fueron en realidad más que muy sutiles señales encriptadas; tal vez una mirada sostenida durante un lapso de tiempo más largo de lo habitual, una atención quizá algo exagerada o una sonrisa dulce a destiempo. Nada que no pudiese confundirse con cualquier otro estado de ánimo, o inquietud, que no tuviera relación alguna con el cortejo.

Es más, bien puede ser que Alma, fascinada como estaba con el bobo de Luiz desde el día en que tuve la nefasta idea de que se conocieran, no me hubiera prestado la más mínima atención, y que todas y cada una de mis zalamerías, sutiles o no, le hubiesen pasado desapercibidas. Vamos, que pensándolo ahora, con la cabeza más fría, no creo que se hubiera dado nunca ni cuenta de lo que sentía por ella.

Y menos aún después de su desengaño, cuando ya a todas luces no tenía interés en ninguna otra cosa que no fuera tratar de comprender, y en lo posible asimilar, el destino fatal de su breve romance.

Algo bueno había salido de todo este embrollo: Alma aún le guardaba un formidable cariño a Luiz y puede que, de rebote, al menos cierta simpatía a su viejo compañero de trabajo. No digo su jefe, nunca lo fui. En este extraño negocio al que nos dedicamos, su aportación era dos veces más importante que la mía, y si a ella no le constaba (*mea culpa* una vez más), desde luego a mí sí.

Y, a decir verdad, creo que siempre se lo hice saber y, qué demonios, estoy seguro de que lo sabía, hasta un niño se hubiera dado cuenta; yo no escribía los textos, sólo los descuartizaba, y ella, en cambio, los ilustraba admirablemente. De no hacer nada a hacer algo prodigioso va un trecho. Como gran haragán, siempre lo he sabido.

Puede que les canse tanta autocompasión, lo entiendo, pero (y es curioso) para mí nunca es suficiente. Bailar, lo que se dice bailar, sólo se baila a gusto cuando cada uno danza la tonada que ha elegido. Darme mucha pena a mí mismo es la canción que yo prefiero.

Después de finalizar mi no conversación con Alma, tecleé inmediatamente en Google «suicidio legal Suiza» y apunté la dirección. Clínica-Residencia Omega, Rorschach 2801, lago Constanza. No tenía pérdida.

Aún me daba un poco de miedo viajar, así que dejé pasar un tiempo prudencial, machacándome, eso sí, con los fisioterapeutas y la dichosa logopedia, hasta ser capaz de andar derecho por mí mismo y de decir buenos días con cierta dignidad, y sólo cuando por fin decidí que estaba listo, me quité el pijama, me puse muy derecho, me subí en un Uber rumbo al aeropuerto y embarqué en un avión destino Zúrich.

Intenté sin éxito contactar con Luiz mientras tanto, e incluso hablé (o traté de hablar) con Simão, ese amigo común que regentaba una tienda de aparejos de pesca en Lisboa, que me confesó que no terminaba de creerse que la cosa fuera en serio, que probablemente sólo se había mudado a Suiza por una temporada, y para darle al asunto cierto misterio (o para librarse de Alma) o hacerse el gracioso, había dejado caer ese absurdo cuento del suicidio asistido. También me dijo que al parecer pensaba pasar allí algún tiempo, puede que un año. Imaginaba Simão que se trataría seguramente de un asunto fiscal o bancario, o quizá de algún nuevo romance, o todo eso junto, pero que hablaba con él de cuando en cuando y desde luego no parecía en absoluto estar muriéndose, ni estar pensando en matarse. Todo esto, claro está, en principio me tranquilizó mucho, pero cuando ya estábamos a punto de colgar, añadió como si tal cosa: «No estaría de más echarle un ojo, por si acaso».

A alguien que se gana la vida vendiendo cebos hay que prestarle atención.

Cierto es que a Luiz le encantaba hacer planes, por así llamarlos, «exóticos», como ensayar durante meses en su escuela de samba de Río de Janeiro para el carnaval. Me enseñaba los vídeos que se traía de vuelta, puntualmente, cada año. Grabaciones multitudinarias en las que apenas era posible identificarlo entre miles y miles de locos disfrazados, un año de vikingos, otro de superhéroes, romanos, cowboys, Cleopatra y su séquito, la corte completa de Luis XVI, dioses del Valhalla... Digo apenas, pero en realidad nunca se le distinguía, y sólo él era capaz de señalarse con gran orgullo entre la muchedumbre. Ver esos locos vídeos se había convertido en toda una tradición, y mientras se buscaba (y le buscaba) entre el gentío transmitía una felicidad inconmensurable. También para mí era uno de los momentos álgidos del año, como puedan serlo para otros las Navidades, o la final del Mundial de Fútbol, o la boda de la niña. Mirar a cientos, a miles de extraños mientras trataba inútilmente de dar con él,

entre el estruendo de la batucada en el Sambó-
dromo del Marqués de Sapucaí, constituía una
distracción fascinante. Era como una versión per-
sonalizada de *¿Dónde está Wally?* con impagable
añadido carnavalesco y musical. Un entretenimiento tan electrizante como completar puzles de
castillos del Loira. La pieza que me faltaba siempre era Luiz. Al igual que a los que hacen puzles
les suele faltar una ficha azul cielo, en mitad de un
cielo azul y eterno, yo nunca conseguía dar con él.

Sólo una vez, a decir verdad, estuve seguro de
reconocerlo, y fue durante un desfile en el que su
escuela iba toda disfrazada de los más variopintos
superhéroes, más o menos míticos.

Claro que aquello tuvo truco. Luiz me había
avisado de antemano de qué iba disfrazado y se
trataba, desde luego, de un disfraz singular, difícil
de confundir entre la muchedumbre. No, no era
un superhéroe cualquiera (Spiderman, Batman,
Superman y Mujeres Maravilla había a cientos),
sino el Fantasma que Camina, un oscuro perso-
naje de cómic de los años treinta creado por Lee
Falk que curiosamente me encantaba de niño. El
héroe de la historieta era un morenazo inglés, alto
y guapo, vestido con un ajustado mono morado y
un calzón de rayas negras diagonales, que resolvía
crímenes en un país inventado del África colonial
llamado Bengali. Los dibujos eran un poco torpes, pero al mismo tiempo encantadores. Como
si estuviera dibujado por un niño muy ducho. El

Fantasma no tenía superpoderes y era más detective que otra cosa, pero llevaba un anillo con un cráneo grabado en relieve, de manera que cuando le atizaba un puñetazo a un malhechor (y a menudo no había más remedio) se quedaba marcada una elegante calavera en el rostro del villano. No era demasiado popular ese tebeo entre los niños de nuestra época, así que me llamó la atención que ambos compartiéramos esa extraña pasión por el Fantasma. Tal vez fuese por el aire a Cary Grant que se gastaba el tipo, o por lo exótico de su elegancia en la jungla, o por las hermosas heroínas que siempre le rodeaban, vestidas de un sempiterno satén negro que destacaba apenas, y muy elegantemente, contra el verde virulento de la selva. En cualquier caso, de todos los carnavales a los que Luiz ha asistido, y de todos los que me ha obligado a ver (que son muchos), ese disfraz de Fantasma era su favorito y el único, de entre todas las cintas de vídeo que tuve que escudriñar, bajo el que fui capaz de reconocerle. A pesar de la máscara.

También fue el único disfraz que decidió guardar, y a veces nos lo poníamos por turnos durante nuestras largas noches en vela y hasta nos dábamos falsos puñetazos, haciendo ora de Fantasma, ora de malhechor.

El anillo era en realidad un sello de caucho con su tintero adjunto, de manera que no era raro que acabáramos la inocente juerga llenos de marcas moradas de calaveritas por todo el cuerpo.

Lo cierto es que Luiz y yo disfrutábamos como niños. Con ése y con todos y cada uno de nuestros juegos. El tiempo se detenía cuando nos dedicábamos sólo a aquello que nos divertía, por tonto que fuera, e ignorábamos la importancia de todo lo sensato.

Por eso no parecía nada probable que de la noche a la mañana cambiase su aventura anual del carnaval de Río, y su ruidosa escuela de samba, y nuestra alegre tarea de encontrarle entre toda la gente de Brasil, y nuestra sólida disposición para tomarnos a nosotros mismos y todas nuestras cosas como aventuras al mismo tiempo fútiles y esenciales, por una clínica de suicidios asistidos. Aunque recordar nuestra común algarabía con el Fantasma y la calavera me dio que pensar.

Y como Luiz era un aventurero muy extraño, y con frecuencia impredecible, un genuino experto en mascaradas a ritmo de samba, un Dios-sabrá-lo-que-está-pensando, mejor era asegurarse. Habíamos visto juntos *Orfeo negro*, de Marcel Camus, suficientes veces como para saber de su fascinación por la muerte como pareja predilecta de baile. Siempre pensé que no se trataba más que de otro divertimento, pero también hay quien se toma (aunque entre risas) los juegos muy en serio, y hasta el final. Por banal que sea el juego, siempre hay quien quiere ganarlo. He visto en televisión a hombres hechos y derechos correr tras un queso colina abajo (creo que llevaban faldas escocesas).

Y mucho me temía que Luiz bien podía ser uno de esos concienzudos competidores del absurdo. Lo que importa a la postre no es qué queso se persiga, sino las ganas de alcanzarlo.

Pero volvamos por un instante a la residencia Omega, donde, como recordarán, «la voluntad se respeta». Por fin iba a ver una de esas coquetas cabañitas suicidas junto al lago. Luiz me había invitado y, es más, venía a recogerme. Me levanté temprano, estúpidamente ilusionado, como si fueran a llevarme a un parque de atracciones. Tomé un café solo, no más repostería, por favor, sí, ya sé que es excelente, y qué decir de la pesca, pero... Me palpé la incipiente barriguita para que la amable posadera tuviera piedad de mí. Mi excusa (o mi tripa) pareció suficiente y la muchacha sonrió.

Terminado el frugal desayuno, di un paseo por la aldea, no hacía tanto frío o estaba yo pensando en otra cosa, cuando encontré una pequeña librería de viejo donde me hice con una primera edición de bolsillo de *El diario de Edith*, de Patricia Highsmith, y un ejemplar de la revista *Puck* de 1917. Me encanta Patricia, y esa misma novela —que puede que sea mi preferida de entre todas las suyas— la he comprado ya media docena de veces, pero esa precisa edición no la tenía, lo cual me hizo una ilusión enorme. En cuanto a *Puck*, se trata de una revista satírica ilustrada publicada en Estados Unidos entre finales del siglo xix y comienzos del xx que, sabía, haría las delicias de mi querida Alma.

Como si hubiera olvidado por un momento el motivo de mi viaje, me sorprendí al encontrarme de un humor estupendo, si acaso excesivamente ansioso ante la cita con Luiz, de modo que a eso de las doce me senté al sol en una terraza a tomar una Sommerbier con la que calmar los nervios.

Luego me dirigí de vuelta al hotel.

Llegó a la una menos cuarto, puntual, y tras abrazarnos más cálidamente que en la despedida de la víspera (quise imaginar que a él también se le había hecho raro) fuimos dando un paseo, el mismo de la noche anterior, hasta la residencia. Saludó a un vigilante en una garita al pasar delante del edificio principal. Comimos en su cabaña frente al lago y pasamos después una tarde noche no tan agradable que luego les contaré, cuando me duela menos. Al final de la velada decidió de modo repentino volver a Lisboa a la mañana siguiente, para arreglar un par de cosas que tenía pendientes. Necesitaba, al parecer, unos meses tranquilo, sin interferencias (y eso por desgracia me incluía), para llevarlo todo a buen puerto. Así lo dijo, tal cual, y la verdad es que viéndolo de pronto tan serio y decidido no me atreví a hacer más preguntas.

Quedamos, eso sí, en volver a encontrarnos a finales de junio en Carvalhal.

Antes de despedirnos insistió en un último ruego y me hizo una promesa.

—Déjame ese tiempo, por favor, y después te aclararé cualquier duda que puedas albergar.

Luiz no tenía que pedir por favor que cumpliera sus deseos, le bastaba con insinuarlos, y a veces ni eso, pues yo ya era capaz de intuirlos, así que como siempre respondí afirmativamente y me guardé mis inquietudes, o mis dudas, como él las había llamado, para mejor ocasión.

—Sólo te pido una cosa más, pero es importante.

—Por supuesto, Luiz, cualquier cosa que yo pueda hacer...

—No le digas nada a Alma, te lo ruego.

—Vaya. Pensé que Alma no te importaba demasiado.

—Te equivocas, me importa, precisamente por eso no quiero que sufra lo más mínimo con este asunto. Al fin y al cabo, no tiene nada que ver con ella.

No hace falta decir que la mera mención a Alma me dolió profundamente, pero disimulé lo mejor que pude. O sea, mal.

—Vaya. Así que te importa de veras.

—Te lo acabo de decir.

—Ya. Pues vaya.

—Pues vaya ¿qué? Ya sabes lo que pienso de Alma, es una mujer formidable.

—Formidable, sí, tú lo has dicho. Y ahora, ¿te importa que hablemos de cualquier cosa que no sea de lo formidable que es Alma?

II

No quiero enfadarme. Es más, no puedo, desde luego no con él, eso nunca.

Sea lo que sea lo que me recordó esta vieja desazón (que no es otra cosa que la mera mención de su nombre: Alma), no tengo más remedio que esforzarme por olvidarlo, como suelo hacer, o, como también suelo hacer, enfadarme con otras personas, aunque no tengan nada que ver con la causa de mis males. Desviar cualquier posible rencor de la imagen inmaculada de mi amigo. No sería capaz de soportar la vida si la representación perfecta de Luiz, que con tanto esfuerzo he construido, sufriera no ya un derrumbe, sino la más mínima mácula.

Queda más que claro a estas alturas que, de toda la gente que he conocido en mi vida, Luiz es de los pocos que me caen simpáticos, porque he decidido, desde hace tiempo, que así sea. No sé si eso es decir mucho o lo justo, o apenas nada, pero, a riesgo de alejarme un poco del tema principal (siento ahora una necesidad urgente de alejarme del tema principal), les puedo poner un ejemplo de con quiénes no consigo entenderme, ni aprecio en absoluto, para que después, cuando les hable más de Luiz, y de este verano, vean la diferencia. Por supuesto que dicha diferencia será y es subjetiva. Seamos sensatos, nuestra percepción no define a los demás. Lo que pensamos de aquellos que, por una u otra razón, nos disgustan no dice nada malo, *per se*, de nadie, ni tampoco se viste, por idéntica lógica, ninguna elegancia con nuestras mejores miradas, pero para mostrarles el profundo desinterés que me producen algunos caracteres, no puedo sino referirme a mi propio gusto y criterio, a la postre tan arbitrario e injusto como pudiera serlo el de los niños de Pol Pot. En fin, que no debería despreciar a nadie para querer tanto a Luiz, pero, por otro lado, me da un gusto enorme hacerlo, y al mismo tiempo no puedo dejar de ser consciente de que no es sino una mala costumbre mía odiar mucho a los demás (sin motivo racional) para querer luego insensatamente a Luiz.

De momento vamos a dejarlo tranquilo, que está ya con la cena, y además es un cocinero meticuloso y seguro que nos sorprende con algo sofisticado y delicioso; ah, no, resulta que hoy cenamos sencillo, mejor aún. ¡Ya lo veo haciendo causa limeña! ¡O unas humildes *sardinhas* asadas! O una de esas pastas que se inventa en un santiamén con lo que encuentra en la nevera. Estudió en Le Cordon Bleu, en París, e incluso llevó las cocinas de dos pequeños pero exquisitos restaurantes, uno en Oporto y otro en Lisboa, pero se las apaña con cualquier cosa para hacer en un segundo y sin darse importancia una cena honesta y deliciosa.

Bueno, dejémosle trabajar y hablemos de esa otra gente.

Luiz lo agradecerá, no me cabe duda, pero, como es tan tímido, no dirá nada. Tampoco dirá nada cuando elogie, como no podría ser de otra manera, su cocina, y entonces, tras la opípara cena, nos serviremos un whiskey antes de zambullirnos en uno de esos profundos silencios que ambos atesoramos como si fueran los rubíes del turbante del maharajá de Kapurthala.

Pero eso será después de la cena.

En cuanto a lo que ya he llamado despectivamente «otra gente», he de adelantar que no daré nombres, no se trata de ofender a nadie, y que, por supuesto, entre aquellos que detesto también me incluyo.

Me limitaré, por tanto y en la medida de lo posible, a describir comportamientos. A proporcionar ejemplos. Creo que dos bastarán. (Tal vez uno).

Ejemplo número uno (y puede que último):

Esto sucedió hace no tanto, apenas dos años: el asunto es que estaba yo en una reunión editorial de esas que tienen lugar en el Caribe, en un resort más o menos de lujo, uno de esos encuentros empresariales en los que se supone que los grupos se amalgaman, suman energías y desarrollan sinergias, o como lo llamen, cuando una persona, de la cual no mencionaré el género, porque para este asunto no es importante, y puede que no lo sea para ninguno, se levantó de golpe y dijo en voz exageradamente alta: «Voy a por una mamajuana, en este horrible sitio se necesita».

Analicemos la causa de mi desdén: *se necesita* es, para empezar, una bravuconada, una exageración en toda regla. Y qué diablos es una mamajuana. Vale, es el cóctel más popular en Dominicana, pero da igual. Nadie *necesita* una mamajuana, otra cosa es que esté muy rica y le caiga de maravilla al cuerpo. Pero ahí va, tan dispuesto, con la cabeza tan alta como un capitán pirata a bordo de su galeón, asomado a la balaustrada del castillo de popa. Querido amigo, no viene al caso tanta arrogancia. Por cierto, con la *Canción del pirata* de Espronceda vivimos uno de nuestros más grandes éxitos editoriales y no tuvimos que rasparle versos al poema para incluir los dibujos. Vale, lo reconozco, Espronceda es más obvio que atípico, pero qué diantres, también hay que vender, esto es un negocio, por el amor de Dios. Nos compraron varios miles de ejemplares en las escuelas. Yo no tengo la culpa de que los barcos sean más divertidos que las lecciones. También vendimos bastante bien en el circuito universitario un Wittgenstein ilustrado con monitos en bicicleta. Al parecer, la desconfianza hacia el lenguaje se ejemplifica mejor con simios y ruedas de radios.

Pero volvamos al resort. Hay que reconocer que el lugar no era gran cosa. No así el país, República Dominicana, que es formidable, ni la ciudad, Santo Domingo, que es preciosa como son preciosas todas las ciudades extranjeras, sino el hotelito en cuestión, un resort turístico al uso, con sus palmeritas, su mobiliario de jardín estandarizado, su musiquita caribeña... El paraíso simulado que todos esos lugares de lujo accesible y democrático pretenden ser, pero eso era tan evidente que no hacía falta comentarlo. Un Miami cualquiera, ni mejor ni peor. Y, sin duda, decir que un sitio es horrible es en realidad un subterfugio para decir que has estado en lugares mejores y que sobre todo deseas dejar bien claro que mereces algo mejor.

¿No es ése el mayor mal de nuestras vidas, pensar que merecemos algo mejor?

Perdone, señor o señorita, o señorito o señora, que para el caso da igual, usted no se merece nada por el mero hecho de ser. Siempre me ha parecido grotesco, por no decir indignante, que algunos se sientan merecedores de una capa de armiño mientras otros se las ven y se las desean para conseguir un trozo de pan.

Detesto la arrogancia, porque me es fácil reconocerla en mí mismo, igual que un adolescente detesta las espinillas porque las descubre llenándole el rostro.

Por eso quiero tanto a Luiz, porque no hay en él rastro alguno de arrogancia (ni de espinillas), pero ése es otro tema que, tal y como he prometido, retomaremos luego.

A lo que íbamos. Estaba el «individuo» ese pidiendo una mamajuana que, al parecer, necesitaba.

Todo sin género ni nombre, según la otra promesa. Qué demonios, demos nombres, que esta gente lo merece (género me temo que ya hemos dado). El tipo —pues sólo un hombre puede ser tan mamarracho— que se levantó a por la mamajuana con tanta displicencia y desdén era ni más ni menos que Anselmo Cárdenas (ése no es su verdadero nombre, pero no puedo permitirme una demanda y así lo llamaremos desde ahora), el mismo que la noche anterior se había pavoneado en un burdel con los dólares de las dietas entre los dientes, mientras serraba con la mirada a las pobres chicas que trataban de sacarle lo suficiente para dar de comer a sus hijos o a sus chulos o a sus *dealers*, y que en medio de tan elegante velada tuvo tiempo para llamar a casa y decirle a su mujer cuánto la echaba de menos y lo mucho que añoraba a las niñas, y que ya sabes cariño cómo son estas obligaciones de empresa y bla, bla, bla.

¿No somos así todos, mitad lo que somos y mitad lo que no queremos ver que somos?

¡Vaya usted a por su mamajuana de una vez y no se las dé de importante!

Pero confieso que, entre tanta irritación, aún no se comprende bien lo que quería contar. Hasta aquí, éste no es más que otro caso de hipocresía y vulgaridad que como mucho sólo puede demostrar mi propia vulgaridad y mi propia hipocresía. Como al mencionar, así tan a la ligera, el pan y el armiño. Al fin y al cabo, yo estaba en el mismo burdel la otra noche, por más que no tenga hijas a quienes llamar, ni intención de revolcarme con las bellezas locales, y el hecho de estar allí como mero observador, bebiendo en silencio, no me convierte en un cretino muy diferente. Si lo que me he propuesto —describir personalidades deleznables— va a llegar a buen puerto y tiene algún sentido, habrá que seguir navegando, y me temo que habrá que navegar con este capitán y en este barco, mal que nos pese tanta zozobra. Y, ahora que caigo, ¿no me las estoy dando yo de capitán, después de haberme burlado de ese otro zoquete? (No he dicho nunca que yo no fuera deleznable). Una vez señalada la contradicción, o paradoja, continúo:

Desayuno, mismo hotel, misma ciudad, Santo Domingo, y mismo país, República Dominicana. Soleado, mar azul turquesa, lugareños encantadores, todo perfecto, y sin embargo flota una maldición en el ambiente de nuestro pequeño grupo. Como si nuestro particular mundo perfecto, de páginas eternas, estuviera a punto de hacer aguas. También es verdad que la reunión editorial nos llegaba en un momento delicado y andaba yo un poco paranoico. De ahí que viera amenazas por todas partes. Algunas reales. La competencia acababa de tener un éxito inesperado con una colección de historia clásica griega ilustrada que, en comparación, hacía palidecer nuestras ventas.

Quién iba a decir que Heródoto iba a vender de pronto más que Peppa Pig, y desde luego mucho más que este editor despistado.

El caso es que en el seno de nuestra empresa, al lado de sus boyantes cuentas de resultados, en casi la totalidad del resto de los sellos editoriales se me estaba empezando a mirar con franca desconfianza. Como si fuéramos la pata coja de la mesa. Los tontos del pueblo.

Entonces vuelve a hablar Anselmo (mamajuana en mano), y me habla precisamente a mí.

—Quisiera aprovechar estas jornadas para charlar contigo más a fondo sobre el futuro de tu colección. Creo que no sé lo bastante para poder aportar mi *input*, si es que se me ocurre alguna buena idea... No presumo de saberlo todo, y éste es un grupo editorial amplio y variado, pero con tu experiencia y, digamos, una mirada fresca y aledaña, tal vez encontremos nuevas vías. Sólo quiero ayudar, ya sabes, cuatro ojos ven más que dos. Ninguna injerencia, como mucho te daré mi *feedback*.

—Claro, Anselmo. Hablamos cuando quieras.

—Relajados, informal, tomando algo, cuando te apetezca... ¿Esta noche? ¿Después de la cena? Conozco un sitio que seguro que te va a encantar.

—Estupendo, Anselmo, esta noche. Yo también estoy ansioso por escuchar tus ideas y tu *input* y eso.

Total, que Anselmo se aleja con su mamajuana a darle el coñazo a otro y yo me quedo a solas con una perspicaz editora de literatura romántica basura, «de torso», como la llaman entre ellos (porque en las portadas siempre aparece un galán descamisado abrazado por una damisela ansiosa), que me mira como a un tipo al que acaban de mandar de paseo al amanecer camino del paredón.

—¿Qué quería el gran Cárdenas?

—Me temo, querida amiga, que estoy despedido.

—Creí que no podían despedirte.

—Pues creíste mal. Debería haberme dedicado a algo productivo, como bien decía mi madre, agente de seguros o algo así.

Mi amiga editora, que se llama Elisa y es uno de los bastiones del grupo, me mira ahora con dulzura y añade:

—Vamos a necesitar al menos otra mamajuana por aquí.

Ya es de noche y ya se ha acabado la cena de grupo y ya estamos el gran Cárdenas y yo a solas, en una terracita en la zona residencial de Jardines, en un bar alegremente lúgubre que parece iluminado por murciélagos.

—Esto está tan oscuro como el fondo de un cubo de brea —dice Anselmo.

Y yo voy y le río la ocurrencia. Suena música de fondo, pero nadie baila, Anselmo pide esta vez un daiquiri y yo, una cerveza Presidente.

Ahora Cárdenas está pensativo, meditabundo, mira la estrellada noche caribeña con un algo romántico, como si quisiera hacerme partícipe de un momento de incómoda intimidad. De pronto se arranca a decirme en qué demonios andaba pensando.

—¿Sabes qué? Me he dado cuenta de que, en general, para todos, para cada uno de nosotros, son más atractivas las ideas que nos dan la razón. Por eso es tan difícil estar seguro de que lo que uno piensa es lo acertado. Por mucho que lo parezca.

Pero ¿de qué diablos está hablando éste? Supongo que ahora me tocará escuchar lo que piensa acerca de la manera errática en que llevo mi editorial y no sé cuántas brillantes ideas que se le habrán ocurrido mientras se limpiaba la cera de las orejas con bastoncillos esta misma mañana, después de darse una ducha. Me cuento esto (en realidad me lo cuentan las dos urracas parlanchinas que anidan en algún lugar de mi cerebro) mientras miro muy serio mi botella de Presidente y pienso en algo que me permita al menos llevar las riendas de la conversación.

—¿Has oído hablar de Blaise Cendrars? ¿Y de su coche?

Habíamos estado en esos últimos meses, Alma y yo, dándole vueltas a la edición de *Yo maté*, la brutal narración de Cendrars sobre su experiencia como soldado en la Gran Guerra, aunque de hecho lo habíamos descartado porque Alma, con buen criterio, se había negado alegando que la edición original incluía ilustraciones de Fernand Léger.

—¿De veras quieres mi *feedback*?

—Quiero tu maldita opinión.

—Nadie sabe quién es Blaise Cendrars. Ni cuál es su coche.

—¡Ja! Pues, para que te enteres, su coche, un hermoso Alfa Romeo 6C 1500, lo personalizó su amigo Braque.

—Ya, y la primera edición de *Yo maté* la ilustró Fernand Léger, y no veo yo que sea muy sensato enmendarle la plana. Pero ése no es el asunto...

Ni que decir tiene que el bueno de Anselmo me dejó de piedra. Tenía que pensar en algo deprisa, porque ya no llevaba las riendas de nada.

—¿Cuál es el asunto?

—No te ofendas, pero por tonterías como ésa no le sacáis más rendimiento a la editorial. Si se piensa en el cliente se accede a él, pero primero, claro, hay que identificar al cliente potencial, no tenéis en cuenta el *target*, ergo os alejáis del centro de la diana y, es más, de la diana misma. Vuestras flechas van al campo. Por mucho que nos guste a nosotros, nadie está esperando una reedición de Cendrars. En realidad, deberíamos recapacitar para tener más claro a qué nos dedicamos.

Me pone malo la gente que dice «ergo» para darse lustre y luego dice *target* para dárselas de experto en marketing, y que encima sabe quién es Cendrars, ergo vete a hacer puñetas, querido Anselmo. A lo mejor acierto con mis flechas en el centro mismo de tu culo.

Por supuesto que eso no se lo dije. Traté de exponerle mi punto de vista con más sensatez.

—Obra muerta, eso es a lo que nos dedicamos. Más exactamente, a descuartizar gran obra muerta y tratar de venderla en píldoras. A sacar algo de dinero que no haya que dividir con los puñeteros autores o sus puñeteros herederos.

—Dicho así, suena cruel.

—Es que es cruel, amigo mío. ¿Y qué negocio no lo es? Nosotros al menos aderezamos nuestra infamia con bellas ilustraciones. En realidad, si lo piensas, lo de Heródoto tiene cierta lógica. Nuestro negocio se basa no en el gusto de los niños o adolescentes, ahí, como bien sabes, tenemos poco que hacer contra las dos grandes emes, Marvel y manga, sino en la mala conciencia de los padres y en el petulante prestigio que pretenden arrogarse los adultos regalando libros *cultos* a los pobres niños. Compensando, de paso, su escaso interés por tales libros. Ésa y no otra es la base de nuestro pequeño negocio. Los críos jamás se gastarían su bien ganado dinero de cumpleaños en nosotros; es más, si por esas criaturas fuera dejaríamos de existir y adiós ferias, adiós viajes y adiós congreso caribeño. En suma, adiós daiquiris. Los pedantes, amigo mío, ése y no otro es nuestro maldito *target*. Somos pedantes a la caza de pedantes. Me temo que no hay mucho más.

—No creo yo que ayude en nada esa visión tan cínica de nuestro esfuerzo colectivo.

—¡Adiós daiquiris y mamajuanas, amigo Cárdenas! Hazme caso, que llevo mucho en esto. Vamos a ver, ¿tú antes qué vendías?

—Cuando me fue a buscar un *headhunter* holandés, estaba en ventas en Nabisco.

—¡Galletas!

—El más importante conglomerado internacional de productores de galletas para niños y adolescentes. Conocía bien al cliente potencial.

—Es curioso, pero, ahora que lo mencionas, casi todo en mi vida ha tenido algo que ver con galletas... Pues si conocías al cliente potencial, sabrás que quiere más galletas y menos libros.

—Espero que no sean éstas las conclusiones que expongas en la reunión de comerciales.

—Por supuesto, compañero, no serán éstas. Te encantará mi discurso. ¿Quieres oír cómo empieza?

—No es necesario, confío plenamente...

—No, no..., espera, creo que te va a gustar: «Estimados compañeros, tenemos el privilegio de contarnos entre quienes sujetan en una mano los ladrillos del futuro y en la otra las migas que señalan el angosto camino de vuelta a casa, el sendero que lleva directo a la cuna misma de la cultura y sus fundamentos, verdadera catapulta del progreso que pretendemos alcanzar».

—Muy apropiado.

—Y ahora, si no te importa, vamos a tomar otra copa.

Anselmo no puso objeción alguna y nos pedimos, como es lógico, dos mamajuanas.

Odio reconocerlo, pero es cierto que a veces se necesitan.

Cuando nos fuimos del bar, ya por supuesto abrazados como grandes amigos de la infancia, Anselmo propuso llamar a un taxi para volver al hotel, pero yo empezaba a estar más que harto de este improvisado camarada, tan sorprendente y encantador, así que me disculpé lo mejor que pude, alegando que hacía muy buena noche y que prefería volver andando para estirar las piernas. Anselmo se inquietó por mí.

—¿Estás seguro de que sabrás llegar al hotel? Esta ciudad de noche puede ser peligrosa, y además está muy mal iluminada.

—No te preocupes, he estado aquí muchas veces y son apenas veinte minutos, me vendrá bien pensar un poco en todo lo que has dicho.

Mentí dos veces. Todo lo que había dicho no me había interesado en absoluto y no había estado nunca en Santo Domingo. Simplemente no quería soportarle ni un segundo más. Puede que tuviera razón en casi todo, pero me importaba un bledo. Yo llevaba una pequeña editorial que no me daba muchos quebraderos de cabeza y en la que hacía lo que me venía en gana. Y ésa y no otra era mi meta. ¡Maximice usted lo que quiera, querido Anselmo, pero a mí déjeme en paz!

Así que esperé a que llegara su taxi, me despedí con mi sonrisa más falsa y hasta con un último abrazo y me dispuse a bajar de la colina residencial que rodeaba la zona de bares y terrazas alegres de Santo Domingo.

Tal y como mi amigo Anselmo había asegurado, la ciudad estaba mal iluminada y era peligrosa, como suelen serlo las ciudades en cuanto uno se aleja un poco de los bares y las terrazas alegres.

Por más que viajes, el mundo se parece mucho en una cosa: está la zona de gastar dinero y está la zona donde probablemente te lo roben. En ambos casos te vas a quedar sin lo poco que tengas, por idiota.

No me parece injusto, en cualquier caso. Si una causa es voluntaria, y digamos caprichosa, la otra es justa y necesaria.

Después de dar varias vueltas por una desolada colonia residencial, envuelto en la bruma de mis temores extranjeros, me di perfecta cuenta de que estaba andando en círculos y, lo que era peor, no estaba caminando del todo solo.

Dos tipos muy malencarados me venían siguiendo desde hacía más de diez minutos.

¿Cómo supe que me seguían y que no se trataba de una de esas paranoias de turista occidental? Pues muy fácil, al pasar por tercera vez por delante de la misma casa, una casa grande y roja con un perro que ladraba en el jardín y dos pomposos torreones que resultaban inconfundibles, y al volverme las tres veces, vi a aquellos dos detrás. La primera en silencio, luego cuchicheando entre ellos y la tercera ya riéndose abiertamente, sin miedo a que pudiese oírlos, dejando bien claro que se habían percatado de que ese pobre gringo no sabía adónde iba, ni desde luego cómo iba a salir de allí.

Pensé en apretar el paso, pero corriendo no soy gran cosa; peleando, a qué mentir, tampoco, pero me pareció mejor idea encararlos. Algunos perros se achantan si no les demuestras miedo.

Por desgracia, estos dos no eran perros de esa raza. Según fui decidido hacia ellos, ni bajaron la mirada ni desviaron un milímetro su paso. Y así hasta que casi nos dimos de bruces, perseguidores y perseguido. Solventamos la papeleta, ellos y yo, con un lacónico «buenas noches». Creo que uno de ellos, el mayor, hasta hizo un amago de saludo levantándose simbólicamente el sombrero que no llevaba.

Para ser un par de criminales, he de reconocer que eran la mar de educados.

Apenas había dado diez pasos después de cruzármelos cuando vi de reojo que los dos tunantes también torcían el rumbo y seguían tras mis huellas. No podían ser menos disimulados esos dos. Supuse que, conociendo bien su zona de operaciones y sabiéndola desierta y oscura como el fondo de un cubo de brea, poco o nada les importaban las apariencias, y me los imaginé acariciando bajo sus chamarras sus puñales, o sus pistolas, o sus rústicas barras de plomo con las que pensaban sin duda amedrentarme. ¡Como si eso fuera necesario! Conté entonces mentalmente los escasos treinta dólares que llevaba encima y me alegré de haber dejado la tarjeta de crédito, por precaución, en la habitación del hotel. Me pregunté si con eso se darían por satisfechos o si, pareciéndoles poco botín, se aventurarían a secuestrarme y pedir un sustancioso rescate que nadie iba a pagarles. No hay quien me quiera tanto, desde luego no el grupo editorial, y el nombre de mi único amigo no pensaba dárselo ni bajo amenazas de muerte.

Después de bajar unos cuantos metros más, creo que esta vez y por fortuna fuera del bucle y ya casi en estado no diría de pánico, pero sí más que preocupado, decidí empezar a correr un poquito, y, como soy buen nadador pero un corredor muy torpe, sólo me salieron unos pasitos de pollo apresurado, tan grotescos que no se sabía bien, imagino, visto de lejos, si estaba huyendo o me estaba haciendo pis.

Ellos, a su vez, aceleraron con más decisión y aplomo y así fuimos, colina abajo durante un rato que me pareció larguísimo pero que no serían ni diez minutos, hasta que uno de ellos, el mayor, gritó a mis espaldas.

—¡Eh, buen hombre, espere!

Corrí, con mi clásico estilo pollo, aún más deprisa, hasta que al salir de una curva me topé con una autopista cercada por una larguísima valla metálica que se perdía en la noche oscura.

Ahí me di por perdido y, sofocado, me giré para aceptar mi suerte.

Los dos hombres llegaron hasta mí recuperando el resuello.

—¡Buen hombre, por favor!

—Sólo tengo treinta dólares... Menos aún, creo —les dije mientras contaba temblando mis pocos billetes de dólar y mis escasos centavos—. Veinticuatro setenta, para ser exactos.

—Pues mejor para usted —dijo el mayor—. Le estaba comentando a mi nieto que parecía usted perdido. Sin duda va a los hoteles grandes del centro, pero éste es el camino de la estatal. Y por aquí no hay salida.

Yo apenas le escuchaba de tan alto que me zumbaba el miedo en los oídos y de tanto ruido que hacía la autopista. Y además estaba demasiado ocupado contando mis miserables dólares para ofrecérselos a cambio de mi poco apreciada vida. Encontré en el bolsillo de la chaqueta otros dos dólares arrugados y unas cuantas monedas.

—Veintiocho... —corregí—. Sólo tengo veintiocho, pero podría conseguir más. No mucho más, claro... ¿Se conformarían con cien?

El mayor se me acercó tranquilo y esta vez pude escucharle con claridad.

—Le sobra para un taxi. Si me acompaña, iremos a un restaurante que está aquí a la vuelta y le llamaremos un coche para que le lleve al hotel. En este barrio es muy fácil perderse.

Me he sentido un imbécil muchas veces, pero aquélla fue directa al podio, carrerita de pollastre incluida.

—Perdone, creí que...

—Creyó usted bien. Estos barrios son peligrosos, cae por aquí mucho gringo despistado. Por eso le dije a mi nieto que lo mejor era seguirle para asegurarnos de que no le pasaba a usted nada malo. Me llamo Winston y éste es Carlos, mi nieto.

Ambos hombres me tendieron la mano. El abuelo no debía de tener más de sesenta y el chico, apenas dieciocho. Sus rostros eran más honestos que los que tallaron en el monte Rushmore.

—Lo siento... Yo..., es que nunca había estado en Santo Domingo —dije a modo de ridícula excusa.

—Pues es como todos los sitios, hay gente buena y gente mala. Venga, acompáñenos, si hace el favor, el restaurante está cerca y son buenos amigos.

Fuimos un par de manzanas colina arriba hasta un coqueto restaurante iluminado con guirnaldas. El abuelo Winston saludó a todo el mundo al entrar y el chico se quedó fuera y se puso a fumar con un par de camareros de su edad.

Winston me presentó al dueño, don Alcides, que se ofreció a llamar a un taxi y nos convidó a unas cervezas que no me dejó pagar. Es más, la cosa se alargó bastante y en toda la noche no me dejaron pagar nada. Hablamos de lo que se habla en esas ocasiones, un poco de todo y un poco de nada, hasta que me dio mucha vergüenza estar arruinando a aquella gente tan amable e insistí en que llamaran por fin al taxi. Como tardó un buen rato en llegar, cayeron unas cuantas cervezas más. Estaba ya bastante borracho cuando nos despedimos con grandes abrazos, tan exagerados como suelen ser las cosas cuando vas de viaje.

En cualquier caso, cuando pienso en la gente que no me cae demasiado bien, siempre incluyo a Winston, a su nieto Carlos y al tal Alcides.

Precisamente porque al pensar en ellos, gente normal y encantadora, recuerdo lo mezquino de mis cálculos, lo absurdo de mi miedo infundado, lo ridículo de mi forma de correr y, en definitiva, mi grotesca presencia en todas y cada una de las situaciones de mi vida.

Lo cual nos lleva al conflicto con Anselmo Cárdenas, que no es sino otro ejemplo para ilustrar (¿no es ése mi trabajo?) esta maldita manía mía de guardarle un rencor profundo a todo aquel que se empeña en ayudarme.

A mi tía Aurora la odié por el mismo motivo.

Y aun así no creo que nadie sea todavía capaz de hacerse una idea cabal de cuánto detesto a Anselmo Cárdenas. Hay que llegar al final de ese viaje de recreo-sinergia en el Caribe para que pueda explicarlo mejor, aunque no estoy seguro de ser capaz de hacerme entender, pues yo mismo, a pesar de llegar a sensatas conclusiones, dudo a veces de la razón última y de la verdadera naturaleza de mi inquina. En ocasiones se me antoja que mi criterio a la hora de repartir amores y odios no es otro que el capricho o la exageración. Dos enfermedades hijas del idéntico sindiós de la mente. Como quien va por ahí asegurando que detesta el kiwi y que en cambio adora el mango sin que haya la más mínima lógica detrás, ni existan, aunque se busquen con ahínco, argumentos que apuntalen tales decisiones. Así, Anselmo Cárdenas bien pudiera ser objeto de mis reproches sin merecerlo en absoluto, lo cual no me impide asegurar que es un completo imbécil.

Hablando de Anselmo, bajemos la voz, que aquí entra. A nadie le gusta que lo insulten a gritos.

Estamos en la fiesta de despedida que nos damos a nosotros mismos antes de empacar nuestras resacas y nuestros pocos avances en cuanto al destino del grupo editorial se refiere, para la cual hemos escogido un exótico restaurante al borde del mar, mal iluminado con antorchas y decorado como si fuera la morada de los robinsones suizos. Cuando nos juntamos los distintos segmentos del grupo editorial, todos los sellos y gran parte de sus equipos de prensa, promoción, comerciales, área económica, departamento legal..., en fin, la gran familia. Nuestras fiestas parecen una boda en la que no se casa nadie. O tal vez un entierro en el que nadie ha muerto todavía.

Algo me dice que esta vez soy yo el que está peor de salud, porque la mesa que me han asignado está tan lejos de la cúpula directiva y de las directoras de los sellos principales (son casi todas mujeres, algo que por cierto me parece estupendo) que, si me llegan a arrinconar con un poco menos de disimulo, estaría flotando en el mar. Tampoco es que me importe, ni, desde luego, me sorprenda; una pequeña colección literaria juvenil tiene, y puede que merezca, una presencia residual a todos los efectos en una corporación gigante como ésta. Y está bien que así sea. Al menos para mí. Cuanto menos me tienen en cuenta, menos exigencia y más libertad de acción. Cuando firmé el acuerdo de absorción sólo me aseguré de tener las manos libres a la hora de seguir llevando las cosas como las he llevado todos estos años, con calma. Y con Alma. Y lo demás, si les soy sincero, me importa poco.

Así que estoy sentado en mi mesita, con un tipo del departamento legal al que apenas conozco y una experta en metadatos (no me pregunten qué demonios es eso), viendo de lejos cómo mis hermanos mayores, por llamarlos de algún modo, preparan el asalto a cifras de venta deslumbrantes que aseguren nuestra posición, la de los holandeses, digo, como líderes absolutos del mercado. El único problema es que no estamos solos. Cuando veo llegar a Anselmo Cárdenas, no me cabe duda de que se sentará entre los principales, quizá entre la directora general y el holandés, que es como llamamos a nuestro adorable jefe de la casa madre en La Haya. Al fin y al cabo, Anselmo es el flamante director comercial para todas las actividades del grupo en España, nada menos que el genio de las galletas, traído a golpe de talonario desde el fascinante mundo de los niños obesos hasta el menos glamuroso mundo de los libros. Pero, contra todo pronóstico, Anselmo cruza la fiesta saludando a diestro y siniestro y se dirige a mi mesa. Al parecer me ha cogido cariño.

El bueno de Anselmo pregunta si puede sentarse con nosotros, a lo cual tanto la señorita metadatos, el de legal y yo respondemos efusivamente.

Es casi un honor que una figura tan relevante en el organigrama comparta la velada con gente tan insignificante.

Durante la cena, Anselmo se muestra muy interesado por cada uno de nosotros y nuestros quehaceres dentro de la empresa, e incluso por nuestra vida personal. Guardando para conmigo un especial afecto y preocupación sincera. Cuando la señorita metadatos y el señorito legal se unen al baile, dejándonos a Cárdenas y a mí a solas, el buen hombre hasta tiene a bien abrir un poco su corazón, contándome no sé qué aburridas zozobras en su matrimonio, aderezadas con humildes reflexiones sobre sus inseguridades como padre y sus más íntimas dudas sobre la verdadera naturaleza del éxito y el fracaso en el arduo camino del vivir.

Lo cual me deja bien claro lo injusto de mis prejuicios con el bueno de Cárdenas. Resulta que Anselmo no tiene nada de malo, no es más que un tipo normal, incluso encantador. Podría decirse que el puñetero Anselmo es un gran tipo.

Alguien tan perdido como todos a quien llevo odiando una semana por el mero hecho de haberse pedido un cóctel.

Sólo es alguien, el pobre Anselmo, a quien soy capaz de odiar. Y a quien he decidido odiar.

Al terminar la velada, después de los brindis y hasta de un ratito de karaoke, soy plenamente consciente de que mi manera de elegir a quien detestar es tan inconsistente como mi manera de elegir a quien querer con desmesura.

Por cierto, y ya que estoy voy a decirlo todo, Anselmo hizo al final de la noche una interpretación en el karaoke de *The Winner Takes It All* de ABBA que soltó las lágrimas de más de uno.

Y de este que suscribe también.

Y ahora regresemos por un momento al espinoso asunto de Alma.

III

¿Y qué si había soñado con besarla bajo una pérgola? Eso sólo a mí me incumbía.

Ella (creía estar seguro) no se había dado ni cuenta. Jamás habíamos estado juntos bajo pérgola alguna, ni, ya puestos, en ninguna circunstancia de incómoda intimidad. Trataba de ser, a su lado, escrupulosamente profesional, a pesar de nuestra amistad, y si alguna vez aventuró algo de mis desvelos, habría de deberse más a su formidable intuición que a mi comportamiento, que, quitando aquellas primeras conversaciones, había sido en todo punto exquisito y hasta apocado.

¡Lo de los besos y las pérgolas era sólo un ensueño, por el amor de Dios! Pero —y este *pero* es importante— el maldito de Luiz sí que estaba al tanto de mis ridículas quimeras. A él no podía esconderle nada.

Resumiendo, que al final me voy a tener que enfadar con Luiz por mucho que no quiera.

¿Tenía que acordarse en un momento así, ni más ni menos que frente a la muerte, a la que él mismo había decidido mirar a la cara, precisamente de Alma? Vivo solo, no tengo familia, edito libros para críos, no me quejo de mucho, no me quejo de casi nada, y he estado a esto de la muerte, sin la elegante posibilidad de elegirla, pero eso a él parecía que le importaba un bledo. ¿Tenía que mencionarla precisamente a ella? Estando yo delante, sabiendo como sabía o como debería haber sabido, o al menos intuido, lo que Alma significa para mí.

Pero ¿no se daba cuenta el muy cretino?

Según dijo su nombre, Alma, me subió un dolor a la sien como esos que te daban de niño cuando comías helados con demasiado entusiasmo. Ya sé que sólo quería hablar de Luiz y estoy hablando de helados y de mi aburrida labor editorial, pero mucho me temo que, además, voy a tener que hablar un poco de ella.

Alma Lavigne es, sin duda alguna, nuestra mejor dibujante y mi único gran hallazgo (puede que mi único orgullo). Cuando pienso en Alma me vienen con frecuencia buenas ideas y una alegría inusitada, nada que ver con lo que pienso casi todo el tiempo, que es una mezcla perfecta de puré de guisantes y barro, y por eso me paso las horas imaginando nuevas ediciones a su lado, aventuras insensatas, porque me gusta, me encanta, me vuelve loco cómo dibuja, sí, pero también porque me encanta y me gusta y me vuelve loco estar a su lado, aunque sé que una cosa nada tiene que ver con la otra y aunque sé, sin que venga al caso ni tenga relación con nuestra tarea, que está enamorada, y no precisamente de mí. He dicho que me vuelve loco, así que no esperen ninguna lógica en todo esto.

Lo cierto es que cuando no estoy con Luiz sólo quiero estar con ella. Más allá de que me gusta cómo es, como no recuerdo que me haya gustado otra mujer, además creo que entiendo, y he dicho «creo», por dónde anda su cabeza, sin que por eso sepa yo exactamente (ni tenga pajolera idea, en realidad) por dónde anda.

¿Y qué tiene Alma Lavigne que la hace tan formidable? Buena pregunta. Trataré de responder.

Alma pertenece, sin arrogancia alguna por su parte, a la tradición de grandes dibujantes como George Cruikshank, Thomas Rowlandson o Flannery O'Connor, que, aparte de escribir de maravilla y con muy mala leche, era una magnífica ilustradora. Tradición continuada por dibujantes como Paul Hogarth, Ronald Searle, André François y tantos otros de los maestros de los cincuenta y sesenta, la época dorada, que incluye muchos talentos ilustres: Saul Steinberg, Ralph Steadman, Edward Sorel, Tomi Ungerer..., todos aquellos grandes dibujantes con los que, por razones obvias, no tuve la fortuna de poder trabajar. Pero Alma, aunque se suma por derecho (al menos a ojos de este su editor) a esa heroica estirpe, está viva, es joven, brillante y dueña de su propia mano. Tiene el don de un Paul Hogarth para la arquitectura y el paisaje y algo de la perversa intuición de Sorel o Jane Miller para recrear y dotar de vida en pocos trazos la figura humana. Si por mí fuera, haría con Alma todos los libros, pero alguien decidió, uno de los nuevos ejecutivos que llegaron tras el desembarco de los holandeses (el puñetero Anselmo Cárdenas), que había que darle variedad a la colección, así que ahora le encargamos uno de cada tres.

Conocí el trabajo de Alma en una pequeña galería de Venecia, en la calle de los Asesinos, cerca del Campo Santo Stefano, regentada por mi amigo Giorgio y dedicada exclusivamente a la ilustración. Me asombró su talento y no me molestó en absoluto que tuviera una sonrisa idéntica a la de Elis Regina. Idéntica no por la forma de los labios y las comisuras, no podrían ser más distintas, sino por la enorme sensación de tranquila alegría que ambas producían. Podría pasarme horas hablando de la sonrisa de Elis Regina, o de la de Alma, para el caso, pero no vamos a hacerlo por ahora.

Quedé con Alma, la primera vez, previa correspondiente presentación de Giorgio, un sardo gruñón pero encantador, y los invité a ambos a cenar al Hotel Bauer, frente al Gran Canal. No nos costó nada entendernos, como bien sospechaba era una fanática seguidora de los mismos dibujantes que yo, de manera que antes incluso de terminar la cena ya habíamos cerrado el contrato de colaboración, que veinte años después ha fructificado en una hermosa colección trufada de títulos memorables (al menos para mí). De hecho, esta misma mañana, es decir, esa mañana que andaba yo contándoles antes, la de la reunión caribeña, estaba revisando las últimas ilustraciones de Alma para una amputación de *Tristram Shandy* que teníamos entre manos y pensando que el trabajo de Alma era cada vez más soberbio y sorprendente cuando me interrumpió el imbécil de Anselmo Cárdenas, o comoquiera que en realidad se llame, para teñirlo todo de camaradería y desconfianza. Así que no me cuesta nada pedirle al tal Anselmo que se quede, en sentido figurado, en esa terraza caribeña mientras les narro lo acontecido en esa otra terraza veneciana del Bauer, a pocos pasos de la plaza de San Marcos, en la que, ya lo habrán imaginado, me enamoré perdidamente de esa encantadora dibujante. Sí, soy consciente de que antes he dicho que no creí nunca haberme enamorado, y quizá debería haber sido más preciso; lo que quería señalar es que no he sufrido nunca por amor, y, en cualquier caso, también les he contado que mi padre adoraba a Shakespeare como otros aman las patatas fritas, el sexo y la mentira, y me veo obligado a confesar ahora que al decir «otros» es muy posible que estuviera hablando de mí.

La noche de la cena en el Bauer había quedado en recoger a Giorgio a eso de las ocho, hora de cierre habitual de su diminuta galería de la calle de los Asesinos. El bueno de Giorgio, condenado a una eternidad de enfurruñamientos, dueño de un malhumor constante e inalterable que a menudo se tiñe por sorpresa con unas extrañas dosis de seca simpatía, como alguien que escribiera los más hermosos versos de amor y alabanza dedicados a todas y cada una de las criaturas que Dios tuvo a bien poner sobre la faz de la tierra, pero eso sí, con tinta invisible.

Es decir, que a Giorgio había que suponerlo, más que reconocerlo o admirarlo.

Había que verlo al trasluz.

Por mi parte, he de admitir que me había demorado acicalándome más de lo habitual, posando ante el espejo con dos o tres chaquetas distintas, tratando de encontrar una versión mejor de mí mismo que presentarle a Alma, dudando entre dos fachadas, la apariencia juvenil a todas luces inapropiada y el *look*, grotescamente atildado, de falso ejecutivo que podríamos denominar «impresión de respeto y alta dignidad editorial», por supuesto con pañuelo en el bolsillo del *blazer* incluido, todo rematado con unas absurdas zapatillas de deporte, rémora del intento de aspecto juvenil que le había precedido. Imposturas todas ridículas y alejadas por igual de mi verdadera condición, si es que tal cosa existiera. Al final me decidí por mi uniforme habitual, traje negro de pana fina de verano y botines de piel, y sólo me arriesgué con un polo de punto de seda color marfil en lugar de la clásica camisa blanca, como si eso me fuera a quitar dos pesadas décadas de encima. Al mirarme en el espejo por última vez antes de salir, me vino a la cabeza una antigua canción irlandesa,

Ataviada para el baile, y no pude evitar deprimirme un poco. ¡Qué suerte tienen los pájaros que nacen ya emplumados para el cortejo! Aun así, me eché un último vistazo en el espejo y me consolé como pude; no estaba *muy* gordo y no estaba *muy* calvo. A veces es todo lo que se puede pedir.

Lo primero que dijo el gruñón de Giorgio al verme fue que llegaba tarde, como si tuviera algo esencial que hacer, que nunca lo tiene, o le importase un rábano mi puntualidad, nunca me reprocha nada, o tuviera prisa, jamás la ha tenido. Pero así nos gusta nuestro Giorgio: enfundado en su funda dentro de otra funda, como aquel precioso cuento de Chéjov en el que un hombre tenía una funda incluso para las fundas de sus paraguas, cuento que, por cierto, también pensaba encargarle a Alma y que se titula, no hace falta que lo diga, *Un hombre enfundado*. Si les interesa el rumbo de la industria editorial infantil, o el de mi pequeña empresa, puedo adelantarles que en efecto finalmente editamos el libro, y si bien no fue uno de nuestros títulos más vendidos, sí alcanzó en algunas ferias, aquí y allá (recuerdo con pesar la aburridísima Feria de Bolonia y con alegría la de Guadalajara), considerable respeto y atención. De hecho, fue el último título del que me ocupé antes de que me descubrieran el tumor cerebral, y aunque sólo sea por eso le guardo especial cariño. Al fin y al cabo, a punto estuvo de resultar mi obra póstuma, si es que editar cuentecitos de colores puede considerarse una obra. Porque, y no tendría sentido negarlo ahora, de haber muerto de veras en aquella mesa de operaciones (y a punto estuve, como bien saben), no podía decirse que mi vida, en su absurda y redonda totalidad, hubiera tenido ningún sentido, ni que hubiera yo alcanzado mayores logros, y al respecto (al menos a ese respecto) no me engaño en absoluto. Verán que en materia de fracaso vital no me ando por las ramas. Y sin embargo, no se vayan a creer, me animo a menudo con la más tonta de las cosas, sobre todo en Venecia. Una barca fúnebre que cruza el canal, un niño con una gorra de fieltro de las que ya no llevan los niños en ningún lugar del mundo, la coquetería también anacrónica de una anciana frente a un puesto de pescado en el mercado de Rialto. Cualquier cosa, en realidad, me anima más que pensar en mi suerte.

No puedo negar que me inquietaba encontrarme con Alma como pocos encuentros habían logrado inquietarme o, seamos sinceros por una vez, interesarme en los últimos años, quizá desde aquella extraña mujer californiana a la que conocí en Berlín, durante otro de esos muchos festivales literarios, y que escribía perversos cuentos lésbico-industriales-feministas con títulos como *La factoría de abortos programados* o *La virgen fusión, reina de la metalurgia*. Se llamaba Kathy Acker y era adorable, estar a su lado hacía que el tiempo contase. Tenía un sentido del humor que parecía venir de una nave del espacio exterior, a años luz de esta Tierra tan plúmbea. Querida Kathy, cuanto más me aburro, más te echo de menos. Y es que, voy aprendiéndolo con los años, lo que más me atrae de una mujer, pasado el primer golpe de calor que supone la belleza o el encanto (ambas cosas terrible e injustamente subjetivas), es el talento y, sobre todo, la intriga. De ambas cosas, de todas, he de reconocer, también andaba sobrada Alma. Puede que exagere, pero a la mujer a la que se quiere querer la adorna uno a menudo con toda clase de disparatados oropeles, a pesar, mucho me temo, de que ésa no es sino otra manera de intentar no conocerla en absoluto. O de perderla.

Por cierto, Dios maldiga a quien inventó el término pana-fina-de-verano, porque estaba pasando un calor de mil demonios, y eso que el sol se estaba poniendo ya, dándole a Venecia esa luz que no se parece a ninguna otra y que consigue acariciar no sólo las cosas, sino la sensación misma con la que quedarán después y para siempre instaladas en la memoria. Una luz que sella las imágenes del presente en tránsito hacia el recuerdo con un golpe seco, con la misma decisión, obligatoria y cansada, con la que un inspector de aduanas sella los pasaportes.

La cena, a cuento de qué negarlo ahora, fue un desastre.

Nada más entrar en el Bauer, y aprovechando que Alma aún no había llegado, decidí tomarme un dry martini para calmar los nervios. Como no funcionó tan rápido como esperaba, me pedí otro del tirón y para cuando llegó la pobre Alma ya estaba con el tercero, ante la mirada de sensata reprobación de Giorgio, que me había visto hacer el imbécil más de una vez cuando me daba por tirarme a la ginebra.

Nos sentamos a la mesa y me pareció buena idea comer poco (el amor me quita el hambre) y beber mucho vino, de manera que cuando llegamos a los postres era incapaz de decir otra cosa que no fueran los más absurdos disparates. Giorgio ya ni siquiera se molestaba en censurarme nada, y al darse cuenta de que había alcanzado muy rápido un punto de no retorno se limitaba a disfrutar de mi ridícula conducta, paladeando su vino con calma y calibrando, estoy seguro, hasta qué punto sería su amigo editor capaz de meter la pata.

Cuando terminamos de cenar, Giorgio I el Cruel se ofreció incluso a invitarnos a una más en otro sitio, en agradecimiento, dijo, por la cena maravillosa que acababa de ofrecerles.

No me hospedaba en el Bauer, claro está, no hubiera podido, bueno, quizá un fin de semana, pero desde luego no los más de treinta días que pensaba quedarme en Venecia, así que había alquilado, por medio de Giorgio y sus muchos contactos venecianos, un bonito apartamento con *altana* (esas hermosas terrazas de madera que adornan los tejados) junto al Ponte Storto, a pocos pasos del mercado de Rialto. Pensé en proponerles una última copa en mi coqueta terracita, pero no me pareció apropiado. Temía que Alma viese en aquel gesto algo siniestro, una especie de aproximación o encerrona que poco o nada tuviese que ver con nuestro futuro acuerdo comercial. Así que cuando a Giorgio se le ocurrió tomar esa penúltima decidí, creo que con buen criterio, sugerir el Campo de Santa Margherita, que a esas horas era un entorno bullicioso, público e inocente.

No sé cómo, pero una vez allí la cosa se torció aún más.

No recuerdo de qué estábamos hablando, o qué había dicho Alma exactamente, creo que no se trataba de nada serio, si acaso algún tema genérico, como la futilidad de la existencia o cualquier estupidez parecida, o puede que por el contrario Alma dijese algo muy interesante que no me molesté en escuchar (me temo que es lo más probable), pero recuerdo con claridad que de pronto me escuché elevando la voz de forma absurda y hablando a gritos.

—¡NO, NO, SI NADA DE ESTO ME ABRUMA NI ME DESCONSUELA, Y ESO ES SIN DUDA LO PEOR! Me da igual no ser nada, casi lo veo como un consuelo. A mi alrededor sólo he visto personas embebidas en su causa, por ridícula que ésta fuera. A mí la vida en general y la mía muy en particular no me interesa lo más mínimo. Su poquito de sol, su poquito de lluvia, dos alegrías, dos tristezas y a dormir para siempre. Y me dirá qué sentido tiene esto. Por mí podrían haberse ahorrado los aviones, los cohetes y la investigación contra el cáncer. La fibra óptica y el código morse y hasta la rueda. Al mando a distancia, en cambio, le cogí cariño. Pero no se crea, no son sólo la ciencia y la tecnología las que me parecen intrascendentes, también las emociones y sus primas pobres, las sensaciones. De acuerdo, Venecia es hermosa, tú eres hermosa, ¿y...? Es todo tan absurdo e inane como peinarse con raya en medio.

Pero no se vayan a creer que me detuve ahí. Después de esa sarta de memeces, seguí adelante. ¿Cómo no iba a seguir?

—Liberar esclavos, vengar crímenes, cultivar champiñones, vaya tareas. También le parecerá importante ir a Marte o a Venus. Ya me dirá qué podría haber en un millón de planetas que nos distraiga del hecho fútil de vivir.

Entonces, no tengo más remedio que reconocerlo, hice una larga pausa, como si me dispusiera a decir algo importante. Y luego se lo solté, sin más. Boom. La carga entera de mi bombardero B-52 sobre Dresde.

—¿Qué animal quiero ser para toda mi vida? ¿Es eso lo que me pregunta?

—Yo no he preguntado nada —dijo Alma, que, si no recuerdo mal, parecía más divertida que enfadada con mi estúpida declaración de principios.

—Es lo mismo. Se lo responderé de igual manera. Ninguno. No quiero ser ningún animal, ni desde luego quiero ser ninguna otra cosa toda mi vida. Mi vida no la quiero para nada. ¿Me entiende usted ahora?

—No tengo la más remota idea de lo que está usted hablando.

—Perdóneme, es cierto, no tiene ningún sentido... Estoy más tenso que el moño de una bailarina. Quizá con otra cerveza...

—No sé si es buena idea.

—Lo acepto, pero qué quiere que le haga... Soy un mediocre. ¿Y qué es la mediocridad sino otra muestra de este caos regido por el azar? ¿Acaso se elige la mediocridad? ¿Acaso se elige la estatura? ¿Acaso no es razón suficiente para beber cerveza?

—No se me ponga Einstein... Y además los astronautas no cruzan los dedos en el momento de la ignición, no es así como lidian con el riesgo.

—¿Y eso?

—Se lo escuché a una comandante del Challenger en YouTube. Judith Resnik.

—¿No fue ése el cohete que explotó?

—Ése, en efecto. Sólo que no era un cohete, sino una lanzadera espacial. Allí murieron por vez primera dos mujeres astronautas. Aunque da igual. Lo he dicho para estar a la altura de sus insensateces. Aun así, no hay nada que niegue el hecho principal. Creo que está usted muy borracho.

—¿Lo cree? Yo estoy seguro, pero tampoco eso cambia nada. No hace falta ir al espacio para morir. Aquí en la tierra, sin ir más lejos, se mata a mujeres a diario. Nada de lo que suceda en este planeta o el de al lado, ni siquiera en el más lejano, tiene la más mínima importancia. Ni en el cielo vive nadie que merezca la pena conocer ni en el infierno se asa nadie a quien vayamos a echar de menos.

Me estaba entrando hipo, pero seguí adelante. ¿No se merecen la batalla sólo los valientes?

—Ni si la amo o la dejo de amar cambiaría nada. ¿No se da cuenta? ¡Me cago en las góndolas! Puede que Vinícius de Moraes le viese gracia a esto de pasear por la playa y admirar tranquilamente la belleza, pues bien, señora mía, yo no se la veo. ¿No quedará tiempo para un último martini? ¡Siempre debería haber tiempo para un último martini! El agua sube y baja, por encima y por debajo de la marca de Brodsky, y las zapatillas de ballet se acumulan en la tumba de Diáguilev. ¡Menuda cosa! ¡El pájaro de fuego de Ígor Stravinski no me va a asar a mí las castañas! Mire si no, sin ir más lejos, qué flores más curiosas nacen entre las piedras de la humilde tumba de Ezra Pound. Ajenas por completo a su nombre o su gloria.

—Pero ¿qué me está usted contando?

—Nada. A menudo me pasa que cuando me pongo a decir tonterías no soy capaz de parar, como el que empieza a andar sin saber bien por qué y ya que está llega a Logroño, o a Sebastopol.

Ella, como no podía ser de otra manera, se reía, no porque lo que decía tuviese ninguna gracia, era obvio que se trataba de pretenciosa verborrea de borracho, se reía descaradamente de mí, y eso me animaba aún más.

Pedí otra ronda de cervezas. Si se van a decir muchas tonterías, mejor prepararse una buena excusa. ¿No se ponen guantes los asesinos? Pues esto es lo mismo pero al revés. Se trata de dejar bien claras las huellas.

—¿Ha leído el cuento de Cheever *El nadador*? Creo que yo podría llegar hasta mi casa de martini en martini. Tracemos un plan.

—Se está haciendo tarde.

—¡Como si eso hubiese parado a Hannibal! ¡Ilustremos un Beckett!

—Es usted muy entusiasta para ser nihilista.

—*Touché*...

Bebimos un poco más, en silencio. Lo cual me dio tiempo a arrepentirme de todo y a pensar seriamente en matarme. Quiero soñar que ella, de reojo, me miraba. ¡Ah, la vanidad, qué causa innecesaria tan pegada a la piel! Se morirá uno mil veces y esa estúpida mancha no se irá nunca.

Había que decir algo.

—Pensándolo mejor, nunca he dicho que fuera nihilista, sólo que soy imbécil. Pero aún me queda algo que decir. Verá usted: es evidente que casi todo el mundo sueña con viajar en el tiempo. Supongo que no quieren darse cuenta de que ya están viajando por el poco tiempo que les queda. Se imaginan en la antigua Roma, pero vivos, y en el futuro, vivos también. Aunque sea latiendo con corazones alienígenas hechos de roca de sílice y respirando con pequeños pulmones de ratón. Cualquier cosa, cualquier causa, por absurda que ésta sea, merece la pena para algunos con tal de estar vivos. Nadie está dispuesto a considerarse muerto, ni en el cielo ni en el infierno. En todo cálculo debe incluirse el impertinente dígito de nuestra presencia. Hasta en la reencarnación algunos se imaginan convertidos en reyes o reducidos a insectos, pero vivos. Aunque sea condenados al aliento último y cuántico del polvo de estrellas.

—¿Usted se escucha? O, mejor dicho, tengo la sensación de que usted sólo habla para escucharse.

—Tiene usted más razón que un santo, con frecuencia empiezo una frase sólo para saber cómo acaba.

He de reconocer que la noche ya se había torcido del todo y, aun borracho como estaba, era plenamente consciente de que aquella magnífica dibujante no iba a querer volver a cruzarse conmigo. Como si la cosa aún tuviera remedio (no lo tenía), decidí cambiar el tono, y el tema, pero sobre todo el tono, de inmediato.

—Leí algo de un escritor que se propuso encapsular Norteamérica en un millón de páginas. Trenes, bicicletas, barandillas, ladrillos, chimeneas, agujas de punto..., todo. Hasta los aromas quería incluir. Resulta que en su narración pretendía abarcar no sólo toda Norteamérica, sino todas las pulsiones y todos los sueños de los hombres.

—¿Qué sucedió?

—Murió agotado.

—Cuando pretende usted ponerse profundo, no dice más que banalidades. Sin embargo, cuando se le entrevé algún atisbo de sinceridad, se le adivinan algunas cualidades.

—Ahí es donde se equivoca, amiga mía, no se atisban cualidades, ni de las sinceras ni de las otras. Y, créame, las he buscado.

¿Y qué hacía el bueno de Giorgio mientras tanto? Pues se había pedido un par de *tramezzini*. ¡Acabábamos de cenar! Y estaba dando buena cuenta de ellos, asintiendo a todo cuanto decíamos, ella o yo, tratando de fingir algún interés en la conversación, pero en el fondo disfrutando de mi *figura di merda*.

Es necesario hacer aquí un paréntesis acerca de estos peculiares sándwiches. El pan es tan fino y el relleno tan generoso que parece la vida entera envuelta en papel cebolla. Y así los devoraba el amigo Giorgio, como si se tragase a un tiempo el pasado y la eternidad.

En fin, hubo un poco más de conversación en la misma línea, hasta que a la paciente Alma le pareció que ya tenía más que suficiente y pidió que la excusáramos, que había llegado la hora de retirarse.

Acompañamos a Alma hasta la puerta de su modesta pero encantadora pensión del Campo Santo Stefano. Una vez allí se despidió cordialmente junto a la verja de entrada, e incluso me dijo que, si aún seguía interesado en trabajar con ella, estaría encantada de mandarme algunos bocetos para ver si podían encajar en mi catálogo.

No sé cómo demonios siguió considerando la posibilidad de colaborar conmigo después de aquella primera noche, pero he de reconocer que me pareció un regalo inesperado. Con el tiempo ella me confesaría, tan alegremente, que tras esa primera espantosa impresión pensó que las cosas sólo podrían mejorar.

Y así fue, y hasta quiero pensar que entablamos poco a poco una sólida amistad que no se hubiera visto alterada en nada de no ser por los ridículos celos que no fui capaz de esconder.

Claro está que Luiz tuvo algo de culpa.

Si él no se hubiese entrometido, yo no me habría puesto tan nervioso. Y ella nunca se habría dado cuenta de nada. Y de ese modo, mi admiración, nuestra formidable relación laboral y mis grotescos anhelos secretos habrían seguido siempre siendo causas completamente separadas, como lo habían sido hasta entonces. *Leprechauns* escondidos detrás de muy diferentes setas. Alegres duendes con distintas naturalezas.

De regreso al mundo real, era consciente de que no tenía más remedio que intentar enfadarme un poco más (mucho más, de hecho) con Luiz, agarrar de una vez a ese león en su cueva imaginaria y darle si no caza, al menos un buen susto.

Habría que hacerlo con cautela, eso sí (no me engañaba sobrestimando mis fuerzas), pero sin miedo, paso a paso, como quien busca a tientas la dirección acertada, agarrado al pasamanos si era necesario, como cuando volví a aprender a andar en los pasillos eternos del hospital tras la operación.

Pero había que hacerlo.

No encontraba otro remedio a mi profundo e insidioso malestar que atreverme, por una vez, a revolverme, siquiera en el espacio secreto de mi pusilánime vocecita interior, con el cretino de mi amigo. Al fin y al cabo, yo le había presentado a Alma y, aunque fuera por respeto, jamás debería haberse inmiscuido en el delicado equilibrio que con tanto cuidado ella y yo habíamos construido. El hecho de que para Luiz apenas hubiera sido un *affaire* mientras que para ella su pasión inicial y su posterior desinterés (ella lo llamaba desdén) hubieran supuesto poco menos que un drama no lo hacía más fácil. Y el añadido de que fuera precisamente yo el responsable de tratar de mitigar con mi afecto (maldita palabra) la profunda tristeza de mi dibujante predilecta lo enredaba todo aún más.

En fin, que la velada hubiera ido de maravilla esa noche en la cabaña del lago Constanza si el insensato de Luiz no hubiera mencionado a Alma, con la crueldad de quien menciona la soga en casa del ahorcado.

No es que no me pareciera del todo lógico que Alma le hubiera preferido a él antes que a mí (en ese acertado arbitrio, yo mismo no podía estar más de acuerdo), sino que me resultaba de una torpeza y hasta de una maldad inconcebibles por su parte el no darse cuenta de lo que lleva un hombre encima cuando pierde contra otro. Debería haberlo sabido. No en vano, él me había enseñado lo que duele un burrito de plastilina aplastado por un regalo a mamá, mejor y más acertado, hecho por un hermano. Los manteles de hilo de la casa familiar de Vale das Dúvidas, las espinas de una infancia, las cartas de su padre omitiendo su nombre, el miedo a una tormenta bajo las sábanas, la mesa recién puesta con empeño infantil corregida con severidad, el no saberte más valioso que una servilleta bordada, una cucharita de plata, un camafeo, el perder siempre contra los demás en la batalla inmisericorde de los afectos. Todo eso me lo había narrado con detalle él mismo. Y habría yo querido llorar a su lado, servirle de consuelo tras una reprimenda, un castigo o cualquiera de esas enormes desilusiones que sienten los niños ante cualquier nimiedad, igual que habría querido defenderlo en el patio del colegio contra cualquier gañán, sabiendo que eran todas ya tareas imposibles.

¿A cuento de qué, entonces, tamaña insensibilidad por su parte?

Quede claro que no era Alma quien me pisoteaba el orgullo (y el corazón), sino Luiz. Y aún pisaba más cosas, porque detrás del orgullo, alta y absurda empalizada, se acurruca el enano de la tristeza, que es lo que en verdad duele.

Debería, al menos en ese momento, haber sido capaz de odiarle, pero no podía. Así que me entretuve odiando a todos los Anselmos Cárdenas que había conocido a lo largo de mi vida, con todas mis fuerzas.

Y así fui, una vez más, recolectando enemigos con los que proteger mi representación imaginaria de Luiz.

Memoria selectiva, lo llaman, y es el mejor billete para viajar al menos doloroso de tus recuerdos.

El Luiz inventado, como toda ficción ideal que se precie, lo construí poco a poco, a solas, en silencio y con cuidado, y de todo eso él no tiene culpa alguna.

Al fin y al cabo, yo era el único responsable de mi entelequia, y lo había sido desde el principio, al darle a cada rasgo de Luiz una proporción desmesurada, un cariz casi sagrado.

IV

Los meses que pasé en Madrid mientras esperaba a que llegase el momento de volver a verle en la costa de Portugal no merecen mucha mención; más sesiones de logopedia, más fisioterapeutas, más neurólogos y algunas conversaciones con Alma para cerrar unas fechas de entrega, lo cual me dio la oportunidad de tranquilizarla con respecto a Luiz sin profundizar mucho en el tema. Todavía me irritaban demasiado los desvelos de Alma por el idiota de mi amigo. Otro asunto es que yo le quisiera tanto, y hasta el delirio de la cursilería si me daba la gana, pero eso a Alma no le concernía en absoluto. Creo que se lo dejé suficientemente claro utilizando el tono más frío que fui capaz de encontrar en mi caja de herramientas.

La cosa fue más o menos así. Discutíamos los pros y los contras de aventurarnos con la publicación de un cuento de Maupassant (*Dos amigos*, como supongo habrán imaginado), proyecto al que ella se había negado, una vez más, argumentando (con razón) que no era posible superar el maravilloso trabajo realizado por Dino Battaglia en los años setenta y que si de veras quería seguir adelante lo hiciera con cualquiera de los otros dibujantes de la editorial. Zanjado el tema y cuando ya nos despedíamos, Alma quiso saber qué tal me había ido en mi encuentro suizo con Luiz (asunto que hasta entonces había evitado) y yo muy seco le contesté:

—Y a ti qué demonios te importa.

A lo que ella contestó:

—A veces eres un completo imbécil.

Y no pudiendo llevarle la contraria en esa afirmación tan rotunda como acertada, me despedí muy educadamente.

A los dos días, como es lógico, me vi obligado a llamarla para tratar de enmendar mi estúpido comportamiento. Me sucede a menudo que hago las cosas fatal a la primera para esmerarme mucho después, cuando ya no tienen remedio.

Como no la encontré nada dispuesta a verme, se me ocurrió decirle que había descartado el Maupassant, siguiendo su consejo, y que en cambio pensaba ofrecerle algo que creía podía apetecerle. Llevaba tiempo dándole vueltas a una edición de cuentos de Gógol y, conociéndola, sabía que no se negaría.

La cité en la oficina, un pequeño estudio en la calle Recoletos que me hace también las funciones de casa donde habíamos preparado todos nuestros libros. Tenía otra oficina en el edificio del gran grupo editorial (el de los holandeses), pero ésa estaba llena de gente y era más fría, con guardia de seguridad en la puerta y códigos de entrada y tarjeta de acceso y todas esas mandangas. Alma y yo siempre habíamos preferido esta vieja oficina, en la que, como digo, también vivo, y que apenas dispone de un despacho, con una buena chimenea, eso sí, y de un largo pasillo al final del cual está la zona de vivienda, que no es más que una diminuta cocina, un baño, un dormitorio y una agradable terracita que da a un patio arbolado donde suelo pasar las horas leyendo, o haciendo que leo o, en realidad, haciendo nada.

Alma me dijo que vendría al caer la tarde y, como la avisé de que no pensaba moverme, no fue necesario fijar ninguna hora concreta.

Estaba intentando centrarme, mientras la esperaba, enredando aquí y allá, en el correo electrónico y con el otro, atendiendo deberes atrasados, pero en realidad intentando, cómo expresarlo, intentando de veras pensar qué coño iba a contarle a Alma y cómo contárselo para que no me considerase, por una vez, un completo cretino. Estaba convencido de que tenía que hacer las cosas bien y más que decidido a no volver a meter la pata. No inquietarla, ni exasperarla, ni hacer todas esas tonterías que me salían solas sin darme ni cuenta, como si fuera un mono amaestrado que, en cuanto se descuida, vuelve sin remedio a su propia naturaleza.

No y de ninguna manera, me juré. Esta vez lo iba a hacer todo con exquisito tacto.

Ya de paso pensaba darle el viejo ejemplar de la revista *Puck* que había comprado para ella en Suiza. En realidad, todos estos buenos propósitos no eran sólo una excusa para tratar de enmendar mi absurdo y frío comportamiento durante nuestra última conversación, sino que representaban con mucha mayor fidelidad mi primera intención. Era consciente de que este encuentro amable era lo que yo había planeado desde un principio, pero por la razón que antes he señalado, mi nefasta manía de hacerlo todo al revés a la primera, al hablar con ella apenas dos días antes me había visto obligado por una fuerza misteriosa a portarme como un grosero y un mentecato, utilizando como única justificación para mi mala conducta reciente algo que, como ya he expuesto, ella probablemente ni sabía: mis silenciosos desvelos por su afecto y la tremenda rabia que aún me daba su absurdo vodevil con Luiz.

Creo que nada más llegar, un poco antes de caer la tarde, Alma se percató de mis intenciones (en realidad, de lo ridículo de mis intenciones) y, después de agradecer como es debido el ejemplar de la hermosa revista ilustrada de 1917 (no se encuentran así como así), me preguntó sin rodeos:

—Y ahora ¿me vas a explicar, de una maldita vez, qué está pasando con Luiz?

Al principio me asusté un poco, pero enseguida recordé mi propósito de actuar con coherencia y, en lugar de saltar como un resorte, decidí aplicar el puñetero tacto exquisito que llevaba días diseñando. Usar mi bastoncito de caoba y mango de marfil imaginario, con el que pensaba enseñarle de una vez por todas a esta desdichada el calibre de mi elegancia.

—¿Perdón? —dije sólo por ganar tiempo, a sabiendas de que no tenía más remedio que responder a sus lógicos temores; al fin y al cabo, ésa había sido mi intención desde que volví de Suiza.

Ella, sin duda alguna, lo merecía, pero el tono tan severo de su voz, no voy a negarlo, me retrajo un poco, de lo cual se dio cuenta inmediatamente, porque, cambiando en un instante su reproche por confianza, me miró sosegada y corrigió:

—Perdona, no tengo ningún derecho. Sólo quiero pedirte, si me aprecias, y me consta que sí, que me confíes algo, lo que quieras contarme, de lo que pasó durante tu visita, para que pueda hacerme una idea de lo que está pasando, y quizá, sólo quizá, compartir contigo mis preocupaciones.

Por supuesto que al hablar así, y al no ver en su expresión el menor atisbo de estrategia alguna, se derrumbaron las pocas resistencias que yo tuviera. Y recordé al segundo que, si la había llamado, era en realidad con la sana intención de no dejarla de lado en todo este asunto. Y menos aún en la más absoluta oscuridad.

Su amor por Luiz era sincero, como bien había sabido siempre, y nada en su conducta, desde el principio, indicaba que estuviera movida por los celos, el rencor o el despecho. Por mucho que cueste creerlo, existen personas que al sufrir un abandono sienten la necesidad de seguir contando de alguna manera con la presencia del ser amado, aunque sea de forma diferente a las reglas que estableció el romance. Como quien es capaz de cambiar la naturaleza misma de su anhelo por otra causa, quizá menor, pero igualmente sólida, si es que los asuntos del corazón tuvieran rangos, escalas, intensidades o magnitudes.

El caso es que Alma quería saber qué había sucedido en Suiza y, a decir verdad, ya no me obligaba, sino que, del modo más dulce, me lo pedía.

Y así, sin más, se lo conté.

Es decir, mentí lo mejor que supe, una patraña tan formidable y tan limpia que al marcharse me pareció que estaba mucho más tranquila.

¿Qué le conté? Pues una sarta de patrañas muy creíbles.

Que Luiz se había mudado a Suiza una temporada para arreglar unos asuntos referentes a distintas inversiones familiares y de paso alejarse de todo, estar tranquilo, pensar dos veces qué hacer con el resto de su vida y, en conclusión, mesarse el pelo, tocarse el pie y hacer un poco lo que le diera la gana, sin comprometerse con nada ni con nadie, pero por lo demás buscando un punto de equilibrio personal que, sin duda, siempre le había faltado.

Alma, muy sagaz, no preguntó si Luiz había hablado de ella en algún momento, aunque intuí que quería saberlo, así que improvisé una letanía de lo mucho que pensaba en ella y lo mucho que se culpaba por su dispersa conducta, pero añadí, y creo que esto me quedó especialmente bien, «se está enfrentando por fin al hecho de que, sin dar con él mismo, con la verdadera naturaleza de su ser, sin encontrarse, no conseguirá nunca encontrar a nadie».

Por supuesto a Alma aquello no le coló, pues, según me escuchó decir la frasecita, no pudo contener la risa y enseguida me espetó:

—Pero ¿tú de verdad te crees que soy idiota? Luiz no habla así.

A lo que no tuve más remedio que contestar:

—No, no habla así. En absoluto. Y no, no creo que seas tonta, al contrario, pero comprenderás que tenía que intentarlo..., perdona. Lo que sí me dijo, y esto debes creerlo, es que te aprecia de veras.

—Con eso me vale. Sólo quería saber si estaba bien, no soy una niña en un baile de debutantes. No tengo muchas ganas de hablarte de lo que sucedió entre Luiz y yo, pero lo que sí quiero que sepas es que nunca prometió nada, ni me siento, por tanto, decepcionada, y que si no lo sabía a ciencia cierta, sí que intuía dónde y con quién estaba jugándome los cuartos. No pensé nunca que pudiera cambiarlo, ni en realidad quería ni esperaba nada, y si te soy sincera, creo que es mejor así. Tampoco yo estoy en este preciso momento de mi vida para grandes romances, es sólo que el tipo me pareció encantador. Y me dio, sin más, por ceder a mis impulsos, algo que no suelo hacer. Ahora toca arriar la bandera de la locura e izar la de la sensatez.

Sonaba todo tan coherente que no me creí ni la mitad.

Luego Alma, como si nada, me comentó que la habían llamado del *New Yorker* para ofrecerle una portada. Cosa que no me sorprendió en absoluto, y que siempre me había imaginado que sucedería tarde o temprano. Me alegré de todo corazón y así se lo hice saber. Es demasiado buena para que sólo yo me diera cuenta, y aunque sabía que acabaría perdiéndola, me reconfortaba haber ayudado, siquiera un poco, a lograr un mayor reconocimiento para su talento.

No tenemos ninguna cláusula de exclusividad, pero ella siempre ha tenido la deferencia y la elegancia de no trabajar con la competencia, a pesar de que (me consta) podían pagarle mejor. Yo, de todas formas, estaba al borde de prejubilarme, o de abandonar sin más todo esto tan engorroso de la edición, y nada podía satisfacerme tanto como ver a mi mejor dibujante surcar otros mares, alcanzar otras metas y, en fin, conseguir lo que sin duda merecía con creces. La portada del *New Yorker*, por ejemplo.

Después me agradeció dulcemente la confianza, el nuevo encargo y la revistita y se marchó. Tan sensata.

Cuando se fue, sin saber bien por qué, me quedé un poco triste. No sé si por ella, o por mí, o por el mero hecho de darme cuenta de que Luiz nos iba a ir dejando a todos por el camino, no porque considerase que éramos lastre que arrojar por la borda, sino porque el camino, sencillamente, se terminaba.

El resto del tiempo que pasé esperando en Madrid, aunque, como ya he mencionado, no sucedió gran cosa, y quizá por eso, se me hizo eterno. Esta ciudad en la que he nacido y a la que nunca he terminado de cogerle cariño (como no me he cogido cariño a mí mismo), pero a la que me he acostumbrado (también a mí), tras el absurdo episodio del tumor cerebral me resultaba de pronto insoportable. Al explicarme los médicos que se trataba de un problema congénito, un recóndito cromosoma, el 22 para ser exacto, me dio por culpar a Madrid de todos mis males. No a mis ancestros, que hubiera sido lo natural (aunque igual de ilógico), sino al lugar que me vio nacer. Como si a Cristo le diese por descargar toda la culpa en el portal de Belén el fatídico día de la cruz. Viene a llamarse, vulgarmente, echarle la culpa al empedrado, pero, de una arbitraria manera, reconforta. Y no se insulta a nadie.

Así que dejé pasar los días que mi amigo me había rogado que esperase, en esta ciudad que se me hacía cada vez más antipática, como quien va abriendo las ventanitas de un larguísimo calendario de Adviento sin bombones.

Luiz necesitaba unos meses, unos meses para qué. Para arreglar unos asuntos, según me dijo. ¿Y qué tenía que arreglar? ¿Últimas voluntades? ¿Testamento? ¿Algún nuevo entuerto amoroso? ¿Corregir testamentos ya hechos, voluntades ya comprometidas, amores ya entregados o negados? ¿Cambiar, con suerte, de idea?

Tal vez ninguna de esas posibilidades que se me ocurrían ahora, en esta febril espera, más llevado por la corriente de mis temores que por indicio fehaciente alguno, era la acertada.

Sólo quedaba aguardar hasta tener elementos con que articular conclusiones. O al menos hipótesis sensatas.

Y así, con prisa y sin calma, dejé pasar el tiempo, hasta que llegó la hora de ponerse en marcha.

Un poco antes de la hora, en realidad. Había calculado que yo necesitaba como mínimo un par de días para llevar a cabo mis pesquisas antes del tan esperado encuentro.

No iba a resultar fácil, y tenía que ser rápido. Dos condicionamientos que me obligaron a calcular mis pasos con minuciosidad y extrema cautela.

Cuando por fin se acercaba el momento de reunirme con Luiz en Carvalhal, en la fecha acordada, me aseguré de que no me recibiera, como era habitual, en Lisboa para emprender después en coche el viaje juntos hasta la playa. Lo cual no era sencillo.

Se trataba de disponer de tiempo suficiente para que, una vez que supiese a ciencia cierta que Luiz había abandonado la ciudad, acercarme a Lisboa para poder hacer, discretamente, mis indagaciones. La discreción era la clave, tan listo como era el puñetero a la hora de darse cuenta siempre de cuanto ocurría a sus espaldas. Rara vez se le escapaba una amenaza, y jamás una fiesta sorpresa. Ni que decir tiene que odiaba ambas.

No usábamos el teléfono como la gente normal, y todas nuestras citas o cambios de planes se acordaban con sorprendente sencillez utilizando el mail. Cuando estábamos separados, era todo lo que necesitábamos para coordinar nuestros respectivos movimientos, y, cuando estábamos juntos, no había nada que tuviéramos que coordinar ni acordar por adelantado. Bastaba con andar en paralelo.

Siguiendo un plan que yo pensaba bien diseñado, le escribí un correo para advertirle de que iría desde Badajoz, en coche, hasta Setúbal, y no desde Madrid en vuelo directo a Lisboa, como era mi costumbre, para lo cual tuve que desarrollar todo un cuidadoso entramado de mentiras, ya que no sé conducir, lo cual complicaba que se pudiese creer que llegaría a Setúbal por mis propios medios. Mi idea era que me esperase en Troia, al otro lado de la marina, donde atracaba el ferry.

Como, por lo demás, sabía que Luiz no iba a preguntarme nada, tuve que explicárselo de manera aparentemente casual, pues de otro modo me habría delatado sin remedio. Si por ejemplo hubiese dado demasiadas explicaciones, o demasiado exactas, le habría puesto sobre aviso y a mí mismo bajo irremediable sospecha.

La mayoría de las mentiras fracasan en su intención por el exceso de datos; si uno se fija, la verdad nunca da tantas explicaciones.

Claro que también puede que me estuviera volviendo loco con tan exagerada precaución, pero existía la probabilidad, y me aterraba, de que no fuera así.

La excusa que inventé, un encuentro literario en Badajoz y un amable colega camino a Lisboa que se ofrecía a dejarme de paso en el puerto de Setúbal, resultaba, creo, de lo más convincente y sobre todo vulgar y corriente, pues Luiz sabía que mi trabajo me obligaba a menudo a estas engorrosas ferias locales, tanto como a las (en apariencia) más distraídas ferias internacionales. Una vez que comprobé por su respuesta que no tenía moscas detrás de ninguna de sus preciosas orejas, me dispuse a sacar el billete de avión a Lisboa. Cuando diera por satisfechas mis investigaciones, no me quedaría más que coger el tren a Setúbal y embarcar en el ferry para que todo mi plan encajase.

Siento dar tantas agotadoras precisiones geográficas (y hasta geopolíticas) sobre esta mentirijilla en apariencia no tan complicada, pero ya saben que Luiz tiene un sexto sentido para saber cuándo el otro le miente, y si ese otro soy yo, pueden dar por seguro que toda precaución es poca.

Llegué a Lisboa a las diez de la mañana, lo que me dejaba tiempo más que suficiente para hacer el *check in* en el hotel. Había elegido uno anodino, cerca del aeropuerto para evitar encuentros indeseados, y pensaba dirigirme a la tienda de artículos de pesca de Simão antes del mediodía.

Todo lo que quería saber, o eso pensaba, debía de saberlo Simão. De todos sus amigos, y a Luiz no le faltaban (no como a mí), Simão era con quien parecía tener una confianza más profunda. Ya sé que les he contado una y mil veces que Luiz es mi mejor amigo, pero jamás me he atrevido a decir que yo sea el mejor de los suyos. Además, Simão era su amigo desde la infancia, niños de verdad y no inventados, como nosotros. Si conmigo era capaz de representar un millón de pantomimas, pues me sabía buen espectador, con él se conducía de manera inversa, dando por hecho que no estaba dispuesto a aplaudir ninguna de sus elaboradas puestas en escena. No me importaba en absoluto que así fuera, pues era consciente de que la amistad a menudo necesita, para ser sincera, un abanico variopinto de intenciones y, por qué no, de sinceridades de distinta naturaleza. No como el amor (conyugal), que se ancla y se lastra con la disposición de un rumbo fijo, una bandera, una actitud y un destino. Representar un solo papel ha matado a más de una pareja sinceramente enamorada, y recitar el mismo inmutable libreto, más de una prometedora carrera actoral.

Pero me estoy distrayendo. Simão no sólo era su verdadero hombre de confianza, sino que además era a su vez muy amigo de su hermano Duarte, lo cual le convertía en una pieza esencial para Luiz, que estaba alerta hace ya tiempo ante las oscuras maquinaciones de su hermano. Tanto es así que consideraba a Duarte como el único capaz de hacerle verdadero daño. Ni que decir tiene que Duarte no estaba de acuerdo, y justificaba todos sus desvelos por el bien de la familia. Al parecer, una causa superior a la que Luiz, en su inconsciencia, siempre había dado la espalda. Por supuesto, «el bien de la familia» no era sino un eufemismo benevolente (como suelen serlo) para una intrincada trama de herencias, rencillas y disputas. Que todo esto tuviera algo que ver con la deriva suiza de Luiz no me constaba en absoluto, y además no me parecía posible, pero de mi encuentro con Simão esperaba sacar, si no una gran revelación, sí algo en claro, y sobre todo descartar algunos posibles escenarios. Si he de ser del todo sincero, no sé qué demonios esperaba de Simão, tal vez sólo otro punto de vista, tal vez un gesto tranquilizador, o un consuelo, o una luz. O al menos pensar que hacía todo lo que estaba en mi mano para ayudar a un amigo.

Cómo sabía yo que Luiz consideraba a Duarte su enemigo, y cómo llegué a tener conocimiento de estas cuitas familiares, me lleva a cuando Luiz y yo nos conocimos, y sobre todo a cuando, algún tiempo después, nos volvimos a encontrar y comenzamos a construir los pilares que iban a sustentar, con el paso de los años, lo que se suponga que hemos construido. Lo que sea que somos.

Las dos ocasiones fueron, por decirlo de algún modo, dos benditas casualidades.

Desde entonces, tengo al azar por el mejor de los destinos.

V

El día que conocí a Luiz, mucho antes de conocerlo de verdad, la primera vez que simplemente le vi, de lejos, enredado entre otra gente, me fijé enseguida y no sé por qué en sus finas muñecas, que sublimé como las articulaciones de un maestro relojero, bien dispuestas para acometer los trabajos más precisos, minuciosos, elegantes y complejos. También me llamó la atención su relajada naturalidad, su presencia ligera, casi translúcida. Con el tiempo comprobé que si bien sus manos eran, en efecto, de una habilidad pasmosa, su naturalidad, en cambio, era sólo aparente, pues aunque se mezclaba con cualquiera y se movía, por así decirlo, como pez en el agua en cualquier entorno, así fuera entre la no siempre bien llamada alta sociedad como en la otra, no dejaba de insinuar en ambos ambientes, con sus ademanes dulces y esquivos, que se trataba en realidad de un pez muy escurridizo. Su atención no parecía nunca posarse más tiempo del preciso en nada ni en nadie, más allá del intervalo exacto que le tomaba seducir a unos y otras. Sin embargo, nada de ese encanto esquivo parecía brotar de una esmerada planificación, ni parecía desde luego tener un objetivo concreto. Su criminal encanto era, o me pareció, involuntario y eso redoblaba su efecto. Era muy difícil, por no decir imposible, cruzarse con Luiz y no acabar consumido o al menos intrigado por su hechizo. Para mí lo fue desde un principio.

La primera vez me lo crucé en unas circunstancias cuando menos peculiares, que desde luego poco o nada tenían que ver con mis hábitos o rutinas y, como pude saber después, tampoco mucho con sus costumbres. Se trataba de una de esas fiestas que quizá vistas desde fuera, por una ventana, pueden parecer el centro del universo, o el centro del universo que cabe en una fiesta, pero que vistas desde dentro se nos antojan más bien como el agujero de un donut. Era en uno de esos clubs de acceso restringido de Nueva York, el Bungalow 8, una celebración de cumpleaños posterior a la aburridamente célebre gala del Met. Resultó ser el cumpleaños compartido de una estrella de cine y de un futbolista de fama interplanetaria y se había reunido en la pequeña discoteca, pues al fin y al cabo no era otra cosa, el quién es quién de la moda, el cine, el rap, el pop y lo que quedaba del rock, además de los cachorros y abuelos de la gente bien neoyorquina y, supongo, internacional. No es que estuvieran todos, claro está, hay mil fiestas cada noche en el mundo entero, pero estaban allí muchos de los que ocupaban las portadas, las contraportadas y las páginas interiores (incluidos los anuncios) de los magazines de finales de los noventa. Varios grammys, varios oscars y varias pasarelas con sus correspondientes *front rows*.

La presencia de un editor español de libros infantiles y juveniles en ese entorno tan pintoresco no parecía tener ni sentido ni fácil explicación, pero curiosamente se produjo de la manera más tonta del mundo. Mi buen amigo Terry, el bombero, era capitán y jefe de ese preciso departamento, y tenía una placa que le daba acceso ilimitado a todos los locales de la zona, diurnos o nocturnos. Y así fue que, habiendo quedado con él, sin fastuosas intenciones, para tomar una pinta con los muchachos después del servicio en un bar irlandés cercano a su estación, que había sido siempre nuestro punto de encuentro, no se le ocurrió otra cosa al bueno de Terry que proponerme tomar unas copas en la fiesta de las infinitas celebridades.

—Puede que sea divertido —dijo lacónicamente.

Y allí que nos fuimos.

Conocía a Terry desde mis días de editor asistente en una respetada editorial de Nueva York (Picador, área de literatura hispana), ciudad en la que por una cosa u otra había vivido un par de años, desde que llegué con la promesa de un puesto de trabajo en otra editorial, St. Martin's Press, que se desvaneció al poco, pero que me proporcionó los contactos suficientes para hacerme con un lugar bajo el sol, si bien muy pequeño, en la difícil carrera de cuadrigas que era y es la edición neoyorquina. Mi primer subalquiler en la ciudad coincidió con su primer divorcio y me lo encontré como vecino de apartamento en un edificio de Nolita, cuando Nolita aún no tenía nombre y ocupaba una tierra de nadie entre el ocaso de Little Italy y el entonces convulso Bowery. Me cayó bien desde el principio, y creo que nos ayudamos el uno al otro a adaptarnos, yo a una nueva ciudad y él a una nueva vida. Contribuyó mucho el hecho de que yo no hubiera conocido a un bombero nunca antes. Siendo honestos, quién no ha deseado en secreto toda su vida tener un amigo bombero. Tampoco vino mal que fuera un lector entusiasta, siempre ansioso por recibir las novedades a las que desde mi humilde peldaño del sector editorial tenía en cambio fácil acceso. Le interesaban en general cosas como *Zen y el arte del mantenimiento de la motocicleta*, *Guía del autoestopista galáctico* y *Surfing the Himalayas*, pero de pronto me sorprendía respondiendo con fervor a una novela de Barry Hannah o a unos relatos de Denis Johnson. Así, libro a libro, nos fuimos haciendo amigos. Solía salir con él a tomar algo al terminar mi jornada, cuando nos lo permitían sus estrictos horarios, que alternaban tres días seguidos sin salir de la estación y cuatro días libres. Nos entendíamos bien. Un gran tipo, Terry, en más de un sentido. Era fuerte, dinámico, callado, amable, tranquilo a veces, furioso en ocasiones y extrañamente triste, y gracias a él y junto a él tuve la oportunidad de conocer a algunos chicos de la pandilla de los más bravos de Nueva York, New York's Bravest, muchos de los cuales cayeron el 11 de septiembre de 2001, con sus inmensas sonrisas y su coraje legendario intacto. Dios bendiga sus almas. Terry fue obligado por sus superiores a permanecer fuera de las torres, en labores de organización, a pie de calle, y creo que aún se culpa por no haber muerto junto a sus hombres.

A veces íbamos a beber a Windows on the World, en el piso 107 de la Torre Norte; quién nos iba a decir que bajo el peso de esas dos moles quedaría enterrada más de la mitad de la vida de mi amigo Terry para siempre.

Pero eso sucedió después, y aquella noche no había aún ni rastro de atentados yihadistas; aquella noche, aprovechando que yo había vuelto de visita a la ciudad, Terry y yo nos fuimos de fiesta.

Entramos en el Bungalow 8 entre una nube de *paparazzi*, algo decepcionados al descubrir que en realidad no éramos nadie —nadie que ellos conocieran—, y nos fuimos directos a la barra. Hay que decir que Terry tenía en esa plaza más de un mando, pues también había sido copropietario en los ochenta de un par de locales de moda en lo que era antes el Meat Market. Así que la placa, en realidad, no tuvo ni que enseñarla para sortear a los gorilas de la puerta, a los cuales hasta saludó por su nombre o más bien su mote. Tipos grandes como neveras y pesados como deudas que respondían en cambio a motes cortos y pegadizos como bofetadas: Chuck, Clash, Zip, Rip o Plank. Como Terry era tan grande se trataba con ellos de igual a igual, pero he de reconocer que a mí me intimidaron un poco. La fuerza bruta siempre me ha impuesto más que la celebridad.

La otra fauna, la de la fiesta, iba de gala, con los extravagantes atuendos que hacen saltar los *flashes* en una alfombra roja; nosotros, Terry y yo, íbamos apenas vestidos de tarde, así que llamábamos bastante la atención, como dos tipos que hubieran venido de pronto y sin avisar a reparar la fontanería. Terry conocía a mucha gente y yo, a nadie, por lo que me limité a observar a distancia. Y fue así que entre todas esas caras que me parecieron más propias del Museo Madame Tussauds (por lo celebérrimo, pero también por lo tieso e inexacto) descubrí a Luiz. No era famoso ni desde luego de cera y me pareció, por contraste, el único animal que estaba verdaderamente vivo en aquella feria, por más que no pudiera catalogar en un primer momento de qué animal podría tratarse, de tan distinta que resultaba su especie.

Saludaba a diestro y siniestro, como si quisiese avanzar por una jungla muy tupida utilizando su sonrisa como único machete. Le seguí un buen rato con la mirada mientras se trasladaba grácil de un extremo a otro del local, tratando supongo de encontrar refugio en algún lugar apartado de la exótica muchedumbre. No era tarea fácil en aquel cumpleaños doble donde las celebridades, aun sin haber bebido una copa, se veían duplicadas a su vez. De hecho, uno de los pocos espacios discretos, relativamente tranquilos, era el que ocupaba yo, medio esquinado y semiescondido, debajo de una escalera que unía el bar con la ruidosa sala de baile. Fue por eso por lo que acabé entablando conversación con él, porque muy cortés me pidió permiso para compartir por un momento mi refugio.

—¿Te importa que me resguarde un segundo contigo de la tormenta? —me preguntó con una sonrisa entre triste y tímida, como si se tratase de un niño al que hubiera sorprendido la lluvia en un parque. O un bombardeo por las calles de una ciudad sitiada.

Desde ese momento sentí que nos haríamos inseparables, a pesar de no estar siempre juntos, y quiero pensar que nos resguardamos el uno al otro las espaldas. Hace ahora de aquello muchos años, pero recuerdo que al tenerle tan cerca deseé que no se separase de mí aunque dejara de llover. De niño había sentido ese súbito deseo de cercanía, ese anhelo casi posesivo, que no se puede comparar sino con un flechazo. Creí esa sensación perdida para siempre (junto con la niñez entera), hasta que descubrí a Luiz en esa absurda fiesta.

—No conozco aquí a casi nadie —me dijo, a pesar de que le había visto saludando a casi todo el mundo—. ¿Y tú?

—Me temo que absolutamente a nadie. Sólo a mi amigo Terry.

—Bueno, ya conoces a otro —respondió, extendiendo la mano—. Luiz, encantado.

—Yorick —respondí, estrechando con toda la suavidad que creí compatible con la firmeza aquella bonita mano de relojero. (Desde entonces me gusta soñar que, aunque esté a más de mil kilómetros de distancia, sujeto aún su mano entre las mías).

—Bueno, qué, ¿nos vamos a otro bar? —dijo entonces Terry, que había aparecido de la nada y del que por un instante me había olvidado—. Aquí no hay nada interesante.

Unos segundos después caminábamos los tres solos por las calles de un Midtown casi vacío.

Acabamos en un pequeño bar de boxeadores cerca de Times Square que Terry y yo frecuentábamos. Lo regentaba un antiguo peso medio encantador llamado Andy, y tenía las paredes forradas de carteles de viejas veladas. Sonny Liston, Joe Frazier, Rocky Graziano, Ali..., hasta algunos pasquines de las peleas del propio Andy, que, aunque nunca había llegado a esas alturas legendarias, presumía (con razón) de haber peleado con la Cobra Hearns a principios de los ochenta, cuando la triste carrera de Andy estaba acabando y la gloriosa carrera de la Cobra apenas empezaba. Había perdido a los puntos, pero guardaba con lógico orgullo el cartel de esa velada como el cénit de su carrera. Todo esto, más o menos, traté de contárselo a Luiz, que, a pesar de que —era evidente— no se había interesado nunca por el noble arte de las doce cuerdas, lo escuchaba todo con extremado interés, e incluso insistió respetuoso en que le presentásemos a Andy y le hizo un sinfín de preguntas que, por supuesto, el expúgil estuvo encantado de contestar con todo detalle.

Era extraño ver a Luiz en ese ambiente, adaptándose con tal facilidad, tan grácil y ligero, tan dulce, divirtiéndose entre policías fuera de servicio, bomberos, exboxeadores, en fin, la fauna habitual del bar de Andy. Nada parecía serle del todo ajeno, o incómodo, o extranjero. Viéndole desenvolverse con tal eficacia, en una atmósfera en apariencia tan alejada de su naturaleza, pensé que Luiz era la clase de persona capaz de encajar en cualquier sitio. Se desempeñaba con sutil entusiasmo, con una curiosidad infantil e inocente, sin dejar entrever el más mínimo esfuerzo. Es más, y quizá ésa era la clave, Luiz era de las pocas personas que he conocido que al preguntarte algo parecía sinceramente interesado en escuchar tu respuesta.

—No puedo ni imaginar cómo debió de ser aquello, con la Cobra. Por favor, cuéntemelo.

Ante mi sorpresa, le andaba preguntando a Andy por la misma historia que Andy, de entre todas las historias de su vida, prefería contar.

—Verá, querido amigo, la Cobra Hearns era un boxeador de una velocidad y una envergadura fuera de lo normal, de ahí su nombre de guerra, la Cobra. Tenía los brazos tan largos que podía jabearte en la cara sin que pudieras anticiparlo y menos aún alcanzarle con alguna contra. La única manera era meterlo dentro de tu terreno, al alcance de tus puños, pero era demasiado listo para eso. Pegaba y salía, pegaba y salía, como si en vez de estar dándote una soberana paliza estuviera repartiendo el correo. Creo que aprendí más perdiendo contra la Cobra de lo que aprendí en todas mis victorias.

Mientras le contaba todo esto, Andy ejecutaba bailes de puntillas y golpeos al aire que Luiz no sólo seguía con religiosa atención sino que encontraba el modo, sabiendo de boxeo lo que yo sé de apicultura, de bailar a su vez alrededor de Andy como un *sparring* competente.

Andy, encantado, lanzaba golpes fantasma aquí y allá, recuperaba el resuello, luchaba como un titán en una pelea que había perdido hacía muchos años pero que le gustaba recrear cada vez con más entusiasmo. Supongo que cuanto más tiempo pasa más se agranda la gloria, por pequeña que ésta sea.

Yo estaba la mar de entretenido con el falso combate. Me asombraba la forma que aquel portugués tenía de aprender cualquier danza en un segundo, aunque se tratara de un ritmo muy lejano, y conseguir que a su lado nadie o nada (y, menos que nadie, él mismo) pareciera fuera de lugar.

Como una especie exótica que en cambio fuese el aderezo apropiado para todos los guisos, este misterioso Luiz parecía caer en todas partes de pie y sin ruido. Dejando un sabor agradable, no invasivo, y duradero, por sofisticada o sencilla que resultara la receta.

No llevábamos más de un par de horas juntos, pero ya tenía la sensación de que éramos de facto uña y carne, o de que nos convertiríamos sin duda en más que amigos. Esa sensación, tan extraña en la vida adulta, la recordaba como normal en la infancia, cuando al juntarte con un niño o una niña por la calle, o en un parque, bastaba con intercambiar dos o tres comentarios o dos o tres silencios para establecer un lazo profundo y aparentemente inquebrantable.

Así es que puedo confesar ahora (sin rubor alguno) que desde que conocí a Luiz le convertí al instante en necesario. Nunca me paré a preguntarle qué pensaba él al respecto, pero no me pareció importante. Al deseo y a la amistad manifiesta no se los importuna con preguntas. Ni parecen precisar cautelas. Quede claro que siempre he sabido que ni el deseo ni la amistad lícitos se imponen, sólo se sueñan, y ahí, en ese espacio imaginario, son plenamente libres. Anhelos privados. Construcciones propias.

Mientras yo observaba a Luiz y daba rienda suelta a mis caprichosas elucubraciones, Terry, era obvio, estaba un poco aburrido y no sé yo si algo celoso. Es por supuesto muy difícil saber cuándo un bombero está celoso, así que a lo mejor exagero, pero el caso es que llegados la cuarta o quinta copa y el octavo *round* contra la Cobra Hearns, Terry se excusó y con un par de abrazos, eso sí (a pesar de su aparente dureza de capitán de precinto, es la mar de cariñoso), se marchó para su casa de Queens. Según me dijo, tenía por delante dos días libres y quería aprovecharlos tratando de arreglar no sé qué pequeño desencuentro que había tenido con su mujer, para lo cual se imponía empezar con buen pie, no llegando demasiado tarde ni demasiado borracho.

Despedido el bueno de Terry, mi nuevo mejor amigo y yo nos quedamos solos con Andy y los tres o cuatro habituales de última hora. Como suele suceder en estos casos y en estos bares, acabamos todos enredados en las mismas conversaciones, las mismas canciones, los mismos chistes y hasta las mismas lágrimas, sin saber a ciencia cierta ni lo que decíamos, ni lo que cantábamos, ni de qué nos reíamos, ni, por supuesto, por qué o por quién llorábamos.

Cuando cerraron, acompañé a Luiz a su hotel, apenas a una manzana, ambos más que fisurados. Se hospedaba en el Algonquin, poco menos que a la vuelta del bar de Andy, así que no tardamos nada y curiosamente no dijimos ni mu, ni él ni yo, durante el zigzagueante paseo.

Caminamos tranquilos, descansando de la ruidosa algarabía que habíamos dejado atrás hacía unos instantes. Sólo un par de veces cruzamos la mirada y sonreímos como dos cómplices que prefieren guardarse para sí sus fechorías.

Ése me pareció el primero de los muchos silencios perfectos que habría entre nosotros, de los muchos que quedaban por llegar. Y esa callada complicidad, la primera piedra de la monumental amistad que ya imaginaba.

Nos despedimos en la puerta con un sencillo «buenas noches».

Al irme me di cuenta de que no le había pedido siquiera su número de teléfono, y, ya puestos, de que no sabía ni su apellido, ni a qué se dedicaba, ni cuánto pensaba quedarse en la ciudad y, en definitiva, de que no tenía la menor idea de quién era.

Sólo estaba seguro de que se trataba de mi mejor amigo.

No se me ocurrió que pudiera estar exagerando. Supongo que a la euforia tampoco se la distrae con deprimentes minucias.

Llegué a mi hotelucho del Bowery después de recorrer media ciudad y me metí en la cama. Apenas tuve tiempo de lavarme los dientes antes de derrumbarme sobre la almohada. Soñé con Luiz unas cuantas veces y, en mis sueños, Luiz tan pronto cabalgaba sobre una cebra a través de un salón de baile como jugaba al pimpón con una aguja de punto, u oficiaba misa en una inmensa catedral vestido solamente con un diminuto bañador de competición.

En ninguno de los sueños aparecía yo, pero sonaba mi risa, a carcajadas, como la banda sonora de Bernard Herrmann en *Los pájaros* de Hitchcock. Una risa afilada, de puro feliz, que se tornaba en gruñidos de cuervo a cada escena.

Me desperté a la mañana siguiente con los cuervos aún resonándome en la cabeza, acompañando a una severa resaca y una sensación inmisericorde de profunda vergüenza. Traté de poner en orden, con la ayuda de un café, los acontecimientos de la víspera y no pude ni vislumbrar la causa de tan ridícula exaltación.

Sin duda, todo había sido un sueño. Pero no lo de la cebra, la misa y los cuervos, sino esa absurda certeza enamorada que había cargado sobre los hombros de un simpático desconocido.

¡Pobre muchacho! Y pensar que había llegado a creer... En ese punto se redobló la vergüenza al rememorar las ditirámbicas ensoñaciones a las que me había abandonado la noche anterior. Sólo una cosa me tranquilizaba: de ese grotesco palacio de naipes mental no creía haber dejado rastros en mi comportamiento y era más que probable, si bien, desgraciadamente, no lo daba aún por seguro, que el objeto de mis delirios no se hubiera dado ni cuenta.

Como la duda sobre el alcance de mi ridículo no hacía más que crecer, o al menos cambiar de postura, ahora aquí, ahora allá, a media mañana no tuve más remedio que llamar a Terry para sacarle a él, con subterfugios, claro —no se le habla a un bombero de estas cursiladas—, la medida exacta de mi bochorno.

Terry tardó en coger el teléfono, y temí por un instante despertarle en su día libre o, peor aún, interrumpirle en plena reconciliación conyugal.

Respondió por fin cuando ya estaba dispuesto a colgar.

—Hola, Terry, soy yo... Perdona, ¿no te habré...?

—No te preocupes, ya habíamos terminado, ahora estaba arreglando el garaje.

—Ah, bien... Oye, ¿te acuerdas de Luiz?

—¿El portugués ese que se vino al bar de Andy? Parecía agradable. Si te digo la verdad, no recuerdo gran cosa. ¿Por?

—No, no, por nada en realidad. Se dejó un paraguas y me preguntaba...

—¿Un paraguas? Anoche no llovía, y no recuerdo que llevara ningún paraguas.

—Ah, no será suyo entonces. No te molesto más, sigue con el jardín.

—El garaje.

—Lo que sea.

Esa absurda conversación me dejó un poco más tranquilo. Si Terry, que tenía un olfato certero para las tonterías (como lo tiene para el humo), no se había percatado de nada, puede que Luiz tampoco y que mi inadecuada explosión sentimental hubiera sido a la postre, por así decirlo, subterránea o, mejor aún, subcutánea. Me prometí dejar de tener esos arrebatos como se promete uno dejar la bebida después de cada curda, sabiendo, como lo sabe todo consumado bebedor, que nada consigue frenar el trote de nuestra verdadera naturaleza.

Por si acaso, me hice otra promesa: la próxima vez que te vuelvas loco, procura no involucrar a nadie. No convertir a ningún pobre inocente en víctima de tus disparatadas alucinaciones.

Luego, por supuesto, me puse a pensar en Luiz y a imaginar la cantidad de momentos fabulosos que pasaríamos juntos.

Sólo esperaba, por su bien, que eso nunca sucediera.

Curiosamente, no volví a ver a Luiz después de aquella noche en Nueva York hasta casi dos años más tarde. Y diría que ni a pensar en él, si no fuera porque pensé en él, creo, cada día.

Estaba en Lisboa para cerrar un acuerdo de colaboración con la editorial Diffol para que tradujesen nuestros títulos al portugués y acceder así no tanto al mercado luso, que de por sí nos interesaba, como también al mercado brasileño, lo cual conllevaba una enorme ilusión añadida. Siempre había querido tener contacto comercial con Brasil, aunque sólo fuera por mi adorada Elis Regina, que a pesar de que, por desgracia, estaba muerta desde el 82, seguía siendo, en mi absurda cabeza, la mujer de mi vida (quitando a Alma). Revisaba vídeos de sus actuaciones casi cada mañana, una vez más por volver a verla sonreír. Su sonrisa era a la vez pararrayos, escudo y lanza; sentía que tras su sonrisa no me podía pasar nada malo. Ni que decir tiene que estaba a punto de entregarle todas esas capacidades mágicas a otro ser inventado.

Volviendo a Lisboa, estaba yo saliendo de la librería Bertrand, en el Chiado, cuando me pareció ver a un tipo muy parecido a Luiz que sin duda tenía que ser Luiz. Como digo, no lo había vuelto a ver desde que lo dejara en la entrada del Algonquin, pero, como soñaba con él tan a menudo, su figura se me hacía extrañamente familiar. Tampoco he estado más de una vez en el cañón del Colorado, pero si volviera a verlo me acordaría.

Él no me vio en un principio, caminaba solo, distraído, de espaldas a mí, en dirección al Barrio Alto, y, como si de un juego se tratara, me dispuse a seguirle. Fui tras él, escondido entre la gente, durante un buen rato, viendo cómo cada seis o siete pasos se detenía para saludar a alguien, a muchos en realidad. Toda Lisboa, a excepción de la multitud de turistas, parecía conocerlo. Lo mismo saludaba a una vendedora de flores con evidente cercanía y afecto que a unas señoronas soberbias y elegantes, con un certero toque de excentricidad en el vestir, de esas que aún no escasean en esta ciudad. También me percaté de que parecía caminar sin rumbo fijo. Se sentaba de pronto en una terraza a tomar una limonada, entraba en algún anticuario, subía y bajaba la misma calle, o andaba en ocasiones en círculos mirando tan pronto al suelo sumido en sus pensamientos como, al instante siguiente, levantando la cabeza para saludar alegre a alguien asomado a un balcón que gritaba su nombre, ¡Luiz! Lo que más me intrigaba era el cesto de mimbre que cargaba al hombro y que, según pude comprobar, a riesgo de acercarme demasiado, contenía media docena de botellas de vino blanco. De cuando en cuando entraba en un bar o una taberna, y tras saludar con familiaridad a quien se encontrara al otro lado de la barra o atendiendo las mesas, le entregaba una de las botellas y, después de charlar unos instantes, se despedía con una sonrisa o un abrazo. Aparte de esta extraña mecánica, extraña porque no me imaginaba a Luiz como comerciante de vino, no parecía haber ningún patrón en su ir y venir en aquella soleada mañana lisboeta.

Su manera de deambular me trajo a la memoria *El paseo* de Walser, un proyecto que había acariciado durante largo tiempo y que pensaba proponerle a Alma en nuestro próximo encuentro y que suponía que aceptaría, pues no sabía de ninguna edición anterior cuyos dibujos se negase a profanar. Ahora mismo la tenía muy ocupada terminando las ilustraciones de *Ravelstein*, de Saul Bellow (Michael Jackson incluido).

De tantas veces que escuché repetir su nombre en cada esquina no me quedó duda alguna de que se trataba de él, y aun así encontraba una mórbida satisfacción en seguirle por las calles con sigilo, precavido como un detective privado o un espía, calibrando el momento adecuado para abordarlo. A veces es hermoso perseguir a escondidas, sin incluir la torpe presencia del perseguidor en el objeto de nuestras pesquisas. Tengo la sensación a menudo de que existe cierta armonía en las cosas más bellas que sólo desequilibra precisamente nuestra presencia y de que los mejores momentos que he vivido, en general, serían no sé si perfectos, pero seguro que mucho mejores sin mí. Incluso en mis relaciones más íntimas siempre he albergado la triste certeza de que el único elemento que sobraba era yo.

Tal vez era por eso, imaginar de alguna manera una preciosa mañana sin mí, por lo que le estaba encontrando una dulce satisfacción a mi tarea de sabueso. Y he de decir que de todos los ratos felices que habríamos de pasar juntos con el tiempo, pocos han tenido para mí el aroma de promesa que disfruté aquel día tras sus pasos, prolongando el paseo y posponiendo el encuentro.

De pronto, una sospecha me sacó de golpe de mis absurdas cavilaciones. Algo que primero fue un rumor insignificante terminó por empapar de cierta inquietud mi inocente juego. Un hombre regordete, de unos sesenta años, que caminaba con un diario bajo el brazo parecía seguir a la misma presa. Como digo, al principio se trató sólo de una sospecha; sin embargo, después de varias calles enredado en ese peculiar y arbitrario paseo, tuve por seguro que aquel individuo se dedicaba sin duda a lo mismo que yo. El regordete disimulaba lo mejor que podía para que Luiz no se percatara, pero, al no saber que yo iba detrás, a mis ojos, a cada paso, resultaba más evidente que se dedicaba a seguirle. Más aún cuando después de que Luiz entrase en uno de esos bares a dejar la consabida botella de vino le vi apuntar algo en una pequeña libreta. Me pregunté de qué podría tratarse todo aquello y quién tendría interés en perseguir al bueno de Luiz. No parecía posible que su juego fuese de la misma naturaleza inocente que el mío y de hecho me alegré de haber empezado con mi absurda y amorosa persecución, pues sólo así podría alertarle de ese otro espionaje, sin duda más siniestro y envenenado, de quién sabía qué malvada intención. No me imaginaba que todo aquello tuviera relación con el vino, por más que el sabueso siniestro (el nada siniestro era yo) anotase algo en la puerta de cada taberna. No parece que un capazo con seis botellas pueda constituir tráfico ilegal de mercancías, de modo que aquella vigilancia debía de responder a cualquier otra causa de la que me era imposible, en ese momento, imaginar nada.

Decidí adelantar al espía rechoncho mientras cruzábamos una plaza ajardinada en la que había un mercadillo lleno de turistas con el fin de dar por terminado mi juego, al tiempo que empezaba ya a elucubrar cómo iba a apañármelas para contarle a Luiz lo que me había parecido observar mientras le seguía, sin pasar la vergüenza de tener que contarle que de hecho le seguía. Lo que para mí no había sido más que una manera inocente de entretener la mañana podía ser a sus ojos una extraña y quién sabía si molesta conducta.

Al fin y al cabo, apenas si nos conocíamos, y el pobre no sabía todavía que la fascinación me lleva a menudo a las más enrevesadas circunvalaciones, como si algo dentro de mí, un estrambótico giroscopio, me impidiese caminar frontalmente hacia aquello que atrae mi interés o mi deseo.

En eso andaba pensando cuando, adelantándose a mi intención, Luiz se giró con toda naturalidad y, risueño, me encaró.

—Querido amigo, ¿vas a seguirme toda la mañana o puedo invitarte a almorzar?

Cazador cazado, no me quedó otra que sonrojarme y balbucear, como un niño pillado en medio de una travesura, la excusa más inane.

—Quería darte una sorpresa.

—Y me la has dado, y muy agradable, además. ¿Qué te trae a Lisboa?

Le conté por encima lo que andaba haciendo, y me di cuenta en ese instante de que en nuestro primer encuentro no le había mencionado nada con respecto a mi trabajo.

—Así que eres editor.

Parecía gratamente sorprendido, lo que enseguida me hizo sentir un poco avergonzado. La palabra editor siempre me ha dado un poco de respeto, o miedo, y en cualquier caso creo que me queda grande. Traté de corregir esa primera impresión.

—No tanto, sólo pongo dibujos en algunos libros de los que me gustan para que los puedan ver los niños.

—¿Qué clase de libros?

—Muy dispares. Sólo tienen dos cosas en común, que son libros que me encantan y que todos ellos son obra muerta.

—Sobre la muerte.

A pesar de que Luiz hablaba con fluidez castellano, y cuatro idiomas más, como supe más tarde, a veces se enredaba lógicamente en algunos giros.

—No, no... Obras cuyos derechos han caducado y son por tanto del dominio público. De ese modo no tengo que lidiar con agentes o autores y puedo dedicar el coste de la edición a los ilustradores y, en ocasiones, si se necesita, a tratar de mejorar las traducciones.

—Ah, *trabalho morto*. Bonito trabajo.

—No es gran cosa, pero sí, supongo que los hay mucho peores.

—¿Cuál es el último libro que has hecho?

—Un cuento llamado *La lotería*, de Shirley Jackson.

—Lo conozco. Muy bueno, y bastante espeluznante.

—Las ilustraciones son de Alma Lavigne, una ilustradora brillante con la que llevo años trabajando.

—¿Francesa?

—De padre francés y madre española, nacida en Lyon. Tengo aquí algún ejemplar, en Lisboa, quiero decir. De hecho, tengo una muestra de la colección completa en el hotel. Si te interesa, te puedo dar los que te apetezcan.

—Me encantaría. Podemos pasar luego, después de comer. Si tienes tiempo.

—En realidad, no tengo nada que hacer hasta mañana.

—Perfecto. ¿Dónde te estás quedando?

—En Baixa House, un pequeño hotelito...

—Sí, sí..., lo conozco. No está lejos de mi casa. Entonces, ¿aceptas mi invitación a almorzar? Di que sí, por favor.

—Sí, sí, claro.

—Bien, antes nos tomaremos un aperitivo. Los encuentros fortuitos hay que celebrarlos como es debido.

Le seguí por un par de callejuelas hasta el elevador de Santa Justa, uno de esos ascensores que esconde la ciudad y que te evitan subir por las empinadas y resbaladizas calles que llevan al Barrio Alto, y después hasta una terracita cerca del Teatro de São Carlos. Nos sentamos y pedimos un par de cervezas, no sin que antes Luiz le entregara a un amable camarero que parecía el dueño del bar la última de las botellas de vino que llevaba en el capazo.

—¿Puedo preguntarte qué asunto es este del vino? Te vi antes dejar algunas botellas...

—Oh, son para una buena amiga, Bernice... Está tratando de dejar de beber y le escondo algunas botellas de vino sin alcohol en sus bares favoritos. Les cambio las etiquetas para que no se dé cuenta, así cuando ella viene a beber le sirven vino sin alcohol, por así decirlo, camuflado.

—¿No se da cuenta?

—No, nunca... Llevamos años con este juego.

—O sea, que está dejando de beber sin saberlo.

—Algo así... Sin saberlo resulta más fácil renunciar a algo, creo. Verás, ella se propone dejar de beber, yo la animo y nos juramos no guardar botellas de alcohol en su casa. Eso la adorable Bernice lo cumple a rajatabla, pero después, en lo que llama sus momentos de debilidad, sale a la calle y bebe un poco, una copita de vino aquí y otra allá, a escondidas, y es ahí donde entro yo con mi pequeña estratagema. Ella no se percata de nada, en realidad. En toda una vida, ha bebido vodka como para ser la hija perdida del zar de todas las Rusias.

—Me encantaría conocerla.

—La conocerás, es formidable. Una princesa. Y ahora dime, si no es indiscreción, ¿pensabas seguirme mucho más?

—Sé que suena estúpido, pero no era más que un juego.

—No me ha molestado, de verdad. Me he sentido..., ¿cómo decirlo? Halagado.

—¿Cuándo te diste cuenta...?

—Te vi salir de la librería Bertrand.

—¿Y de verdad no te he importunado?

—No, al contrario. Me ha parecido encantador. Aunque he tenido que hacer esfuerzos para no echarme a reír.

—Y yo que me creía tan sigiloso.

—No lo has hecho mal, para no ser profesional. Desde luego, mejor que el regordete ese que lleva días tras de mí. Y me imagino que *ése* cobra por hacerlo.

—Te has dado cuenta. Pensaba mencionártelo, pero temía asustarte.

—No te inquietes, lleva ya tiempo con la persecución, como te digo, y a veces para divertirme le confundo y lo pierdo, otras veces lo ignoro y simplemente lo soporto.

—¿Y sabes de qué se trata?

—Sí, sí... Los manda Duarte, mi hermano. Hay más de uno. Mi favorito es uno joven, árabe, puede que bereber, muy alto, monísimo. A ése he estado tentado de seguirle yo más de una vez. Parece ser que mi hermano está preocupado por mí. Bueno, en realidad es todo cuestión de dinero o poder. Quiere demostrar que soy, como se dice, un gestor irresponsable para alejarme del control de una empresa que heredamos, en su día, de mi pobre padre. Pretende reunir pruebas de mi negligencia para sacarme de la junta de accionistas. Un tema, como comprenderás, muy desagradable. Así que dejo que me vigile cuando me porto bien y me llevo de paseo a sus secuaces, y cuando quiero portarme mal simplemente les doy esquinazo. Es cómico, y casi divertido. Y también me sirve de aviso; donde hay pesquisas, hay sospechas. Aunque no te voy a mentir, en ocasiones es un engorro y entonces pienso en ir a ver a mi hermanito y enfrentarme a él, cara a cara, o mandarle a paseo. Pero no quiero darle ese gusto, y por otro lado este absurdo juego me proporciona tiempo para calcular mi estrategia. Cuanto más se crea que sabe de mí, más fácil me será sorprenderlo. En fin, son aburridísimas historias de familia, no quiero arruinarte un día tan agradable con estas mezquindades. Lo único que de verdad me duele es que antes, de niños, nos llevábamos bien. Pero qué se le va a hacer... Bueno, dime, ¿te apetece comer algo en especial?

—Donde prefieras ir, me parecerá perfecto.

Por supuesto que me causó cierta sorpresa que después de no habernos visto en tanto tiempo y de apenas haber conversado, en realidad, en aquel primer encuentro, de pronto me contara asuntos tan familiares, personales, íntimos, con tal desparpajo, y me sorprendió asimismo que su tono, tan amistoso, de tan profunda confianza, en el fondo, no pareciera en absoluto fuera de lugar. Quise imaginar que tal vez él también hubiera estado soñando conmigo, aun sabiendo —no estoy loco— que eso no era posible.

El amor se construye, supongo, con mimbres tan insensatos, o no existe en absoluto.

—Entonces te llevaré a uno de mis sitios favoritos. No es más que una tasca familiar, pero es lindo, y hacen el mejor *bacalhau à brás* de Lisboa.

La tasca era, como había prometido, linda. El bacalao dorado, riquísimo y el ambiente, infernalmente fraternal. Menos un par de franceses que comían en silencio, todos parecían ser sangre de Luiz, de tanta efusividad que le mostraban. Y parte de esa sofocante corriente de amistad se trasladaba a mi persona, por el mero hecho de ir con él. Tanto alborozo que, a pesar de la buena cocina, aquel sitio me cargó muchísimo. Y la comida habría sido bastante pesada, todos venga a interrumpir con sus parabienes y su catarata de afectos, si no hubiera sido porque entre tanta insípida cordialidad sucedió algo insólito.

Un individuo irrumpió de pronto a los postres con cara de muy malas intenciones y, sin mediar palabra, le soltó a Luiz un guantazo.

La cosa fue así: como una exhalación, sin que lo viéramos casi venir, un joven corpulento, hermoso y acalorado entró por la puerta, cruzó rápido la sala, agitando a su paso los manteles y las servilletas, se paró en seco frente a nuestra mesa y, apenas Luiz se puso en pie y le tendió la mano, el hombre hermoso y acalorado lanzó un puñetazo que en realidad apenas si rozó a mi nuevo mejor amigo. Luiz, con reflejos mercúricos, hizo una esquiva perfecta, digna de Panamá Al Brown, y cuando, por el impulso del golpe fallido, el ofensor parecía que iba a caerse al suelo, Luiz, el ofendido (también hermoso), lo sujetó como pudo, y a punto estuvieron ambos hermosos individuos de tropezar y golpearse contra unas tinajas que había tras las mesas. Las posadas tradicionales en esta parte de Europa tienden a tener tinajas, normalmente como mera decoración.

El pobre ofensor se enfadó entonces mucho, se libró como pudo de la ayuda de Luiz y se marchó muy atribulado, mirándonos a todos los del bar, que a su vez le mirábamos a él, con unos ojos lastimeros de animal acorralado, y enseguida, a la carrera, tal como había entrado, desapareció.

Todo el altercado duró lo que tarda en entrar y salir en una habitación una corriente de aire. Dejándome a la vez atónito y preocupado.

—¿Y eso?

—Bah, un antiguo asunto amoroso. Ya se le pasará.

Vaya, al parecer no era yo el único que se había encaprichado con Luiz. Éramos legión.

Aquella historia se contó en la taberna, y fuera de la taberna, por toda Lisboa, de mil maneras distintas. En una se trataba de un marido ultrajado; en otra, de una deuda de juego; en una tercera, de un conflicto de lindes; también se habló de la mafia calabresa, de drogas, extorsiones sexuales, un intento fallido de secuestro... por lo de Luiz y su supuesta fortuna..., un pastelero decepcionado por una tarta que Luiz había encargado y se olvidó de recoger, una estafa numismática que involucraba monedas de un pecio de la ruta de la seda encontrado en la bahía de Cascais, Nossa Senhora dos Mártires..., y no sé cuántas mentiras más.

Pero yo lo vi y sucedió como lo cuento. Un joven airado descargó un golpe sin mediar palabra, Luiz lo esquivó y el muchacho casi se estampó contra las tinajas. Luego se marchó, y eso fue todo.

Yo, por mi parte, nunca traté de sonsacarle más datos acerca de la naturaleza de la disputa, al fin y al cabo, apenas le conocía entonces, y luego dejó de importarme, pero intuí que se trataba, tal y como él había insinuado, más de un amante desdeñado que de un marido celoso.

Luego tuve oportunidad de ir aprendiendo, con el tiempo, que Luiz había recolectado, sin quererlo (tal que a mí), un nutrido número de acólitos de ambos sexos y que de todos se había ido alejando, tarde o temprano, sin ser consciente del dolor que causaba.

Al terminar la accidentada comida, me propuso ir a tomar un gin-tonic. Acepté, claro, y acerté. Me llevó al Procópio en Jardim das Amoreiras, un sitio perfecto (que desde esa tarde no puedo sino recomendar encarecidamente).

Quien dice un gin-tonic dice dos. Hablamos de muchas cosas que no recuerdo bien, casi todo mentiras, como que había sido piloto de *rallies*, que trabajaba en la CIA, que de niño tenía una cebra, que su verdadero nombre era Leopold, o que había hecho tablas con Kaspárov en una partida múltiple infantil en un torneo de exhibición, cosas de esas que se cuentan en una primera cita. También me contó una historia sobre una vez en la que al llegar al aeropuerto de Helsinki se subió a un coche con un chófer que no era el suyo, escogiendo un cartel de recogida al azar, y terminó en una convención de Santa Clauses profesionales, charlando con un tipo disfrazado de reno y bebiendo vodka hasta el amanecer, y que después, incapaz de encontrar su hotel, vagó durante horas por la nieve, y que a pesar de que estuvo seguramente a punto de morir, lo pasó tan bien que pensó si no sería verdad eso de que la muerte por congelación es la muerte más dulce, de tan contento como estaba.

Yo creo que no le conté gran cosa, porque no miento con gracia y contar mi vida de verdad no da para pasar una tarde entretenida.

Charlando de esto y de aquello se hizo de noche sin que nos diéramos cuenta. No entró nadie a pegarnos y apenas nos molestaron. Dos, tres, quizá cuatro conocidos de Luiz, todos muy discretos, ningún pesado, ningún conflicto, apenas hola y adiós, besos al aire.

Cuando ya me iba a casa, o sea, a mi hotel de Baixa, me propuso subir con él a su piso, cerca del Campo das Cebolas, y ponernos en vídeo *Christine* de John Carpenter. Un plan irrechazable. Un coche que se come a la gente no se ve todos los días. Por supuesto, dije que sí.

El piso de Luiz era cuando menos singular, tenía seis balcones sobre el Tajo y había sido una antigua oficina portuaria de aduanas. Conservaba todo el artesonado y la marquetería originales y las ventanillas donde se pagaban las riquezas de ultramar, por lo que contaba también con ocho cajas de caudales de principios de siglo que, según me contó Luiz, no había sido nada fácil abrir y que, al hacerlo, encontró naturalmente vacías, a excepción de algunos viejos anuarios contables y legajos, y que ahora disfrutaban de una nueva vida como estanterías para los libros de poesía. Tenía además una nutrida y escogida biblioteca, variopinta y personal. La casa estaba llena por todas partes de fotografías familiares, pinturas, pasquines, juguetes, ropa de mujer (de su madre, su abuela y sus primas, según me dijo) y sombreros de toda índole, bombines, pamelas, chisteras, Stetsons, y lo que había sobrevivido de la fabulosa colección de bisutería de Carmen Miranda, un lote copioso por el que Luiz había pujado fuerte en una subasta *online*. También pósteres de películas de Carmen Miranda, antiguas fotos firmadas, revistas de variedades de los años veinte, treinta y cuarenta con ella en las portadas, *souvenirs*, imágenes publicitarias, muñecas..., en fin, todo un completo santuario a la mayor gloria de la estrella lusobrasileña.

Nos probamos toda la bisutería mientras escuchábamos en el tocadiscos *Tico Tico, Chica Chica Boom, I Want My Mama, O Que É que a Baiana Tem* y otros grandes éxitos de la gran, la única, la inigualable Miranda. Luego lo volvimos a colocar todo con cuidado en sus estuches. Tenía también dibujos firmados con afecto (a su nombre) de Warhol o Keith Haring, y hasta un retrato de Pávlova dedicado (a un tal Frederick) que había conseguido en un mercadillo de Roma.

Luiz me ofreció una infusión, he de suponer que en broma, así que nos tomamos unas cervezas. Luego nos pusimos con el cine.

Al terminar *Christine* no tuvimos más remedio que ponernos *Distrito 13* y luego *El príncipe de las tinieblas*, esa locura cuántico-religiosa-fantasmal con Alice Cooper y Donald Pleasence.

No sé bien a qué hora terminó el ciclo improvisado de Carpenter.

Y creo que dormí allí.

VI

La tienda de Simão está casi al final de la rua da Saudade, una calle muy empinada que acaba a los pies del castelo de São Jorge. Solíamos llamarla la tienda de cebos, pero en realidad era un negocio, aunque pequeño, mucho más completo. Tenía toda clase de aparejos de pesca, cañas, por supuesto, desde las más sencillas para niños y principiantes hasta las más sofisticadas para avezados profesionales, incluso esas grandes de pescar peces espada que sólo había visto en las películas, y también todo lo necesario para satisfacer al mejor aficionado a la pesca submarina, bombonas, trajes, fusiles de arpón, de esos que llevan los malos de James Bond. En resumen, que si te interesaba remotamente un pez, de cualquier tamaño, en cualquiera de los ríos, lagos, charcas, lagunas u océanos que en el mundo son, con la inestimable ayuda de Simão podías pescarlo.

Tal y como había calculado, llegué hasta allí apenas pasadas las doce y media, que era el momento en que Simão solía dejar la tienda a cargo de su ayudante Rui Patricio para ir a tomarse una cervecita en el mirador de Santa Lucía. Rui Patricio era discreto y callado, un viejo pescador mucho más experto que Simão en esas artes, pero con menos don de gentes (o con ninguno), de manera que la simbiosis entre ambos llevaba muchos años funcionando a las mil maravillas. Puede decirse que, con toda probabilidad, la tienda de cebos era la mejor en su gremio de toda Lisboa, y tal vez de todo Portugal. Con permiso de Pescópeixe, su única posible competidora.

Estaba subiendo (penosamente, todo hay que decirlo, todavía me cuesta un poco andar derecho) la endiablada rua da Saudade cuando, un poco antes de alcanzar la tienda, vi venir a Simão cuesta abajo. Tardó en reconocerme, tan ensimismado que iba en lo suyo, y a punto estuvo de pasar por mi lado sin darse ni cuenta cuando le llamé.

—¡Simão, distraído!

Al segundo me vio y abrió los brazos con sorpresa y alegría.

Intercambiamos abrazos y cordiales e innecesarias cortesías, y me dispuse a acompañarlo al mirador de Santa Lucía. Hacía un día soleado, cálido y perfecto para sentarse en una terraza a mediodía a cambiar impresiones. Llevábamos mucho sin vernos y a los dos se nos notaban las ganas de reunirnos de nuevo, por si no quedaba claro nos lo repetimos varias veces como dos idiotas... y así seguimos un rato hablando de naderías, oh, sí, oh, no, cuánto tiempo ha pasado, etcétera. ¡Teníamos que hablar de tantas cosas!

Mentira, teníamos que hablar de Luiz. Lo sabía yo y lo sabía él. Pero cómo abordar el tema. Debía actuar con mucho tacto, y tengo que reconocer, aunque me duela, que ése nunca ha sido mi fuerte. La clave era sonsacar a Simão sin delatarme yo, evitando desde luego traicionar la confianza que Luiz había puesto en mí. Se trataba de lograr saber más sin decir nada de nada. Contaba con la franca disposición de Simão, que nunca ha sido taimado, ni reservado, ni guarda su transparente carácter prudencias ni excesivos cálculos estratégicos. Creí intuir en Simão, mientras intercambiábamos palabras huecas, que tenía tanta prisa como yo por hincarle el diente al asunto. Así que a la segunda cerveza dimos por terminada la farsa. No sé cuál de los dos comenzó, pero al final lo que en realidad queríamos decirnos salió casi al mismo tiempo, como un géiser de la superficie de Islandia: ¿está Luiz tomándonos el pelo o esta patochada va en serio?

No me sorprendió lo más mínimo que lo que yo había ido a preguntarle fuera lo mismo que Simão estaba esperando preguntarme a mí, a la menor ocasión y a la cara. Los dos al parecer teníamos al otro como cómplice más próximo de Luiz, y creo que fue una decepción para Simão darse cuenta de que estábamos ambos en la inopia. Yo en realidad no estaba *tan* en la inopia como él, con lo cual me congratulé de haber representado con solvencia mi papel.

Lo que casi daba por terminadas todas mis ridículas pesquisas. Sabía mucho menos que yo. Nada.

Nos miramos en silencio, por un momento, como dos desconocidos que han perdido el mismo vuelo y se dirigen al mostrador más cercano a revisar qué alternativas encuentran. El silencio invitó solo a una tercera cerveza.

Como en el mostrador del aeropuerto, empezamos entonces a cotejar otros vuelos.

¿Tenía algo que ver su extraña actitud con las antiguas supuestas estratagemas de Duarte para alejarlo de la junta de accionistas? Simão no lo creía, y yo, la verdad, ya lo he mencionado, tampoco.

Luiz, aunque imaginando a Duarte su enemigo, jamás se había preocupado demasiado de sus tejemanejes y hasta los consideraba meros arrebatos infantiles; al fin y al cabo, era su hermano pequeño y esas jerarquías nunca cambian. A pesar de ello, me consta que en el fondo le entristecía pensar que conspiraba en su contra, claro está; una vez más, era su hermano pequeño.

De hecho, Simão pensaba, y yo no podía sino estar de acuerdo, que si Luiz no había cedido entonces a las pretensiones de Duarte, era más por mantener un lazo con él, aunque fuera mediante ese absurdo ir y venir de espías, detectives e informes, que porque pensase inmiscuirse en el control sobre las empresas y propiedades familiares, asuntos todos que siempre había dejado en manos de su único hermano, a pesar de los miedos infundados y las estúpidas paranoias de éste.

Y entonces ¿qué le pasaba a nuestro Luiz, exactamente? Pues exactamente no teníamos ni idea.

—Tal vez deberíamos preguntarle a ése —dijo de pronto Simão señalando con un discreto gesto a un señor de mediana edad con gabardina, a todas luces inapropiada para el tiempo, que parecía no quitarnos ojo de encima mientras, sentado a una mesa al otro lado de la terraza, tomaba un agua con gas y hacía que leía el periódico como los detectives de las películas de los años cuarenta. Sólo le faltaban los pequeños agujeros para mirar a través del papel.

—¿Crees que es uno de esos...?

—Lo dudo —respondió Simão—. Si te digo la verdad, creo que eso de los detectives es otro invento de Luiz. No me imagino a Duarte capaz de algo así. Lo tengo por buen amigo, y cuando le comenté las sospechas de Luiz, lo negó todo rotundamente, y parecía sincero. Me sorprendería mucho que me mintiese con tanto descaro.

Eso sí constituían, al menos, jugosas novedades. Tal vez mi excursión a la tienda de cebos no había sido una idea tan descabellada después de todo.

Pero algo no me acababa de convencer. Yo mismo había observado, desde aquella primera vez en las calles de Lisboa, sombras más que inquietantes alrededor de Luiz o tipos que con descaro (me parecía) le seguían. Simão pensaba de muy distinta manera.

—No, no, nada de eso, le he dado muchas vueltas a este asunto y mi teoría es mucho más sencilla. Como Luiz anda sin rumbo fijo, siempre parece haber alguien que coincide misteriosamente con su trayectoria. Es tan fácil como adivinar un número del uno al cinco. ¿Cuántas veces puedes equivocarte? Hazme caso, a Luiz nadie le sigue. Quizá tú.

Sonrió al decirlo, pero a mí en cambio no me hizo ni puñetera gracia. Luego me hizo aún menos descubrirle mirándome incómodo, como se mira un cuadro torcido.

—Por cierto, no he querido mencionarlo hasta ahora, pero no he podido evitar darme cuenta de que tienes la boca un poco rara... Bueno, toda la cara, en realidad, está como...

Mientras lo decía, movía ligeramente los dedos índice y pulgar, como si tratara de enderezar un marco imaginario en la pared.

—Oh, no es nada, una ligera parálisis facial.

—Y, al andar, me he percatado de cierta, cómo decirlo, inseguridad...

—Un tumor cerebral, ¿vale? Preferiría no hablar de ello.

—Algo había oído. ¿Y estás...?

—Bien, sí, gracias.

—Espero que no sea maligno...

—¿Qué parte de no quiero hablar de ello no te queda clara?

—Mi tío Andrade superó uno hace unos años y, comparado con él, estás estupendo.

—Me alegro y lo siento por tu tío Andrade. ¿Podríamos seguir con lo que estábamos?

—Ya no me acuerdo en qué estábamos.

—En lo fácil que es acertar del uno al cinco, y en que tú crees que seguramente Luiz sólo imagina que le siguen.

—Ah, sí, seguro. No veo otra posibilidad. Luiz está paranoico, o tal vez le divierte hacernos creer que le siguen.

Hablando de posibilidades, el cielo empezó a oscurecerse y de pronto el tipo de la gabardina al que yo había considerado un candidato a detective pareció el único en haber acertado con su vestimenta. Tal vez por eso nos miraba, o imaginé que nos miraba, con cierto aire de superioridad. Y más aún cuando inopinadamente comenzó a jarrear.

Simão y yo corrimos hacia el interior del bar (corrió él, en realidad, yo le mal seguí como pude), sacudiéndonos el súbito diluvio, mientras creí ver al falso detective abandonar también la terraza.

Pagamos la cuenta y Simão propuso continuar la conversación en su local.

—Vayamos a la tienda de cebos, por las tardes apenas viene nadie, y menos con el tiempo que se ha puesto. Mandaré a Rui Patricio a casa y charlaremos tranquilos, tengo una neverita bien abastecida de cerveza y una botella de Jameson. Vamos a esperar a que escampe un poco y corremos para allá.

Lo cierto es que ante la promesa de un honesto whiskey irlandés no tenía sentido esperar mucho, y corrimos calle arriba cuando aún llovía, pero ya no tanto. Él corría más que yo, claro, tenía diez años menos y no se había pasado media vida encadenado a una mesa con un libro en las manos, sino cruzando los mares con una caña St. Croix. Tampoco había sufrido ninguna enfermedad reciente. Yo sólo le seguía en zigzag y jadeante. Un par de veces se ofreció el bueno de Simão a ayudarme, y un par de veces le mandé al carajo. Puede que sea ligeramente tullido, pero soy abrumadoramente soberbio.

Cuando por fin llegué (sin aliento pero victorioso) al final de la rua da Saudade, Simão ya estaba despachando a Rui Patricio, que, si entendí bien al llegar, parecía encantado de tener la tarde libre (para ir a pescar, supongo).

El único problema era que la tienda no estaba vacía.

Rui nos advirtió, antes de irse, de que había un solo cliente dentro, husmeando en la parte de atrás, buscando, al parecer, una caña para pesca de río poco profundo. Al levantar la mirada para tratar de verle entre las filas del abarrotado comercio, tanto Simão como yo nos sorprendimos al comprobar que se trataba del enigmático individuo de la gabardina al que habíamos abandonado minutos antes, bajo la lluvia.

—Esto sí que es una coincidencia —dijo Simão alegremente, sin querer ceder un ápice en su disparatada teoría de los números factibles.

El local está a pie de calle en uno de los hermosos edificios que escoltan la falda de la colina que preside el castelo de São Jorge, y debe de ser del 1800, no como el propio castillo, que es una reproducción de los años cuarenta que rememora el original, víctima del terremoto de 1755. No era un local muy grande, pero Simão había aprovechado bien el espacio atiborrándolo de aparejos y cachivaches. Tenía tras el mostrador un impresionante pez espada disecado sobre un pie de madera, flanqueado por dos maniquíes con trajes de hombre rana, con sus bombonas, relojes, medidores y hasta un fusil arpón en las manos. Después había una hilera de cañas de pescar, y carretes de todos los tamaños y grosores, y un sinfín de artilugios cuyo nombre desconocía pero que debían de ser todos esenciales para atrapar peces, y filas de perchas con pantalones de goma, de pana, chaquetones, petos y un centenar de botas de agua ordenadas de mayor a menor que acababan con unas botitas infantiles muy monas con caritas de cocodrilo. Al fondo, tras una cortina de tiras de plástico con la imagen de un pulpo dibujada, había un diminuto despacho que daba a un patio interior de lo más agradable, apenas decorado con un par de macetas de geranios y un árbol frutal que en mi ignorancia me pareció un cerezo pero que resultó ser un ciruelo. Simão me instó a sentarme en su despacho y coger lo que quisiera de la nevera mientras él se libraba del incómodo comprador lo antes posible.

Me sequé con la manga de la camisa el rostro, encendí un cigarrillo y saqué una Sagres de la nevera. Decidí con buen criterio esperarle para el whiskey. También abrí la puerta de cristal que daba al recoleto patio y pude comprobar que estaba dejando de llover tan deprisa como había empezado.

Apenas caían ya algunas gotas, tan distanciadas como las notas de una melodía de John Cage, así que arrastré una silla al exterior y me dispuse a esperar a Simão disfrutando de mi cerveza, mi cigarrillo y el olor a lluvia recién caída, tranquilamente. Sin pensar por un segundo en Luiz ni en ninguna otra cosa. Puede que Simão tuviera razón y todo lo que me inquietaba no fuera más que una larga lista de malinterpretaciones y sospechas infundadas. Sentado en ese encantador pequeño patio, decidí irme olvidando de todas mis preocupaciones, como quien se aleja de sus problemas al escuchar avanzar el tren en el que viaja y, sin pensar en origen o destino, encuentra paz en el mero traqueteo.

Estaba a punto de cerrar los ojos, de tan a gusto que me encontraba, cuando escuché un estruendo seguido de gritos groseros e improperios.

Regresé a la tienda a la carrera para encontrarme a Simão enzarzado en ardua pelea con el hombre de la gabardina. Le agarraba por las solapas y le increpaba visiblemente enfadado mientras el tipo parecía tratar de disculparse, o al menos de frenar la ira de su agresor. Corrí a separarlos y, una vez que contuve a Simão, el hombre me miró y dijo entre sollozos:

—No sé qué le pasa a su amigo, sólo he preguntado por alguna caña que sirviera para pesca de río... y ha empezado a acusarme de cosas sin sentido...

Simão estaba lejos de calmarse.

—Me lo ha preguntado sujetando en las manos una Okuma. ¡Una Okuma!

Simão blandía la dichosa caña, que evidentemente le había arrebatado, como si aquello fuera una prueba irrefutable. O una katana.

—Lo siento... No sabía... La he cogido al azar...

—Precisamente. No es usted pescador, amigo mío. Si no sabe lo que es una Okuma, no es pescador, y si no es pescador, ¿qué demonios le trae por aquí y qué hacía espiándonos en el mirador?

—Soy aprendiz. ¿No se puede empezar en esto sin saber nada?

—¡No con una Okuma en las manos! Ya que estamos, coja una Saint Paul o una Spinoza. Pescador de río poco profundo. ¡Ja! No me la da, amigo mío.

Al tiempo que le gritaba amenazándole con la caña, ya de paso le enseñaba su muestrario. Luego añadió, muy serio, dirigiéndose a mí:

—Es un detective privado, tenías toda la razón, ahora estoy seguro.

El hombre, mientras yo aún trataba de contener a Simão, había comenzado a retroceder hacia la puerta de salida, improvisando súplicas.

—Tengo familia, por el amor de Dios, dos niñas de apenas diez años, gemelas... Tengan piedad, no sé pescar, lo reconozco..., pero tengo dos hijas pequeñas, idénticas...

Según lo decía enseñaba de lejos lo que parecían dos fotos plastificadas en su cartera.

Ante una explicación o excusa tan pobre comprendí que Simão estaba en lo cierto. Y no tuve más remedio que intervenir.

—¡Un momento! ¿Quién le envía? ¿Duarte?

—No sé de qué me hablan... —balbuceó el pobre hombre dando pasos hacia la salida—. Están los dos locos.

Acto seguido sacó de la peana de madera el pez espada disecado y lo esgrimió sujetándolo con ambas manos, ante nosotros dos, tratando de mantenernos a raya. Simão a su vez seguía blandiendo la caña (Okuma).

Solté a Simão y me dirigí hacia el falso pescador para tratar de detenerle, pero el tipo empezó a correr como alma que lleva el diablo, profiriendo gritos y aspavientos.

—¡Policía, policía..., socorro! ¡Que alguien avise a la *segurança*!

En su carrera final tumbó a propósito una hilera de cañas, chalecos flotadores, perchas, todo lo que encontró a su paso, incluido el pez espada que llevaba en las manos y uno de los hombres rana, que cayó con estruendo de su pedestal y a punto estuvo de aplastarme un pie con sus pesadas bombonas de oxígeno, entorpeciendo así nuestro intento de persecución hasta que llegó a la puerta y voló calle abajo.

Conseguimos salir saltando torpemente por encima de los obstáculos y en la calle nos topamos con algunos curiosos que se habían arremolinado frente a la tienda, alarmados por los gritos, así que sólo alcanzamos a ver cómo el hombre de la gabardina desaparecía al final de la rua da Saudade. No sabría pescar, pero corría como el perro que mordió al loro.

Volvimos a entrar en la tienda tranquilizando a los curiosos y a un par de vendedores que se habían asomado desde los locales vecinos. Ni Simão ni yo queríamos más líos, ni desde luego tener que dar explicaciones, y además no era fácil explicar lo que acababa de suceder.

Mientras ayudaba a Simão a recoger todo lo que había esparcido el torpe detective en su huida, me miró preocupado.

—Al final va a ser verdad que alguien quiere saber qué trama nuestro amigo. Y aunque me cuesta creer que se trate de Duarte, no puedo imaginarme quién más podría ser.

Terminamos de devolver las cosas a sus estantes, a sus pedestales y a sus perchas, y de poner de pie y emparejadas todas las botas y botitas de agua, pusimos el enorme pez espada en su sitio, tras comprobar que no había sufrido daños de importancia, y cuando acabamos decidimos tomarnos una copa, para reflexionar sobre todo esto con más calma.

Simão sirvió dos buenos vasos de Jameson sin hielo y nos sentamos en el patio. El sol seguía brillando y hacía una temperatura de lo más agradable.

El whiskey irlandés opera milagros. Al segundo trago, a pesar del disparatado incidente, me sentí de nuevo tan relajado como antes de escuchar los gritos.

Así que, amparado por esa buena fortuna milenaria que trae el agua de vida, decidí pedirle consejo a Simão con franqueza.

—Voy a ir a ver a Luiz a Carvalhal, pasado mañana. ¿Crees que debería contarle algo de esto?

—No lo sé..., puede que haya reaccionado de manera exagerada, tal vez el hombre no era más que un pobre principiante...

—Pero tú mismo has dicho, hace un momento, que estabas seguro de que...

176

—Soy demasiado impulsivo. Mi madre siempre me lo decía. Cuidado, Simão, que eres demasiado impulsivo, por eso mi padre me recomendó la pesca, que es el arte del aburrimiento y la paciencia, no sé, puede que no haya funcionado. La verdadera naturaleza, ya lo sabes, es difícil de torcer. Y mira que pensaba que al extremo adecuado de un sedal se veían las cosas con otra perspectiva. Sin embargo, he empezado a darme cuenta de que pierdo los nervios con mucha facilidad. Es evidente que el arte de la pesca no ha domado mi áspero carácter.

El Jameson, al parecer, no funcionaba igual para mí que para Simão. ¿De qué coño me estaba hablando?

—La otra mañana, sin ir más lejos, me enredé en una discusión absurda con mi novia, Ritinha, por no sé qué ridículo asunto... ¿Cuál era? Ah, sí..., tenía que ver con unas acelgas, resulta que yo quería hacer acelgas con bechamel y ella, no sé por qué, pero con todo su derecho, insistía en espinacas, y allí, en medio del mercado, nos enzarzamos en la más furibunda discusión...

Estaba empezando a perder la paciencia, y desde luego la paz mental, de forma que no pude reprimirme e interrumpí en seco sus diatribas.

—De qué me hablas, Simão..., céntrate. ¿Crees que debería decirle algo a Luiz o no?

Se quedó callado un segundo, como si despertase de un sueño.

—Pues ahora, de pronto, ya no estoy tan seguro.

Encendió otro cigarrillo y rellenó su vaso de whiskey.

—¿Sabes lo más curioso?

Negué con la cabeza.

—Que después me di cuenta de que ella tenía toda la razón y de que en realidad siempre había preferido las espinacas a las acelgas.

—¿Quieres dejar las acelgas en paz?

—Perdona, perdona. Jesús, qué mal genio... Tal vez la pesca no te vendría mal a ti tampoco. Se encuentra cierta paz en este deporte. Aunque, como ya has visto, no es una paz infalible.

Si lo que pretendía Simão era sacarme de mis casillas, lo estaba consiguiendo. Pero, conociéndole como le conocía, incapaz de ninguna planificación y proclive a toda torpeza, decidí intentarlo de nuevo por las buenas.

—Mi querido Simão, en dos días veré a Luiz y quisiera saber qué crees que debería contarle.

—Vale... Déjame pensar, tú mismo dijiste antes que Luiz aseguraba que le seguían, así que tampoco le diríamos nada nuevo y, en cambio, podríamos acentuar su paranoia. Déjame darle un par de vueltas... Sí..., creo que lo mejor sería que hablara antes con Duarte, con mucho tacto, claro, para tratar de aclarar de una vez todo esto.

—¿Y cómo piensas sonsacarle?

—Eso será lo complicado, no quiero que sepa de Luiz, o de lo que Luiz sabe, o intuye, o de lo que nosotros sabemos o intuimos de Luiz, más de lo necesario...

—Me cuesta seguirte, Simão.

Continuó como si no me hubiese oído.

—... y menos aún descubrirle algo que no haya sabido hasta ahora, a pesar de sus supuestos espías, si es que finalmente me ha mentido todo este tiempo y los manda él de veras. Oh, Dios, es todo muy delicado y debemos ser conscientes de que caminamos sobre hielo muy fino...

En ese punto hizo una pausa tan larga que pensé que no iba a volver a hablar nunca más. Luego tomó aire, como diciendo «¡ya lo tengo!», y exclamó:

—¡Ya lo tengo! Tenemos que sopesar.

—¿Sopesar qué?

—Ah, de eso, una vez más, me temo que no estoy tan seguro... Veamos. Hay que sonsacarle sin revelar nada de nuestro amigo, o de nuestras sospechas. De lo contrario, Luiz no nos lo perdonaría. Y por otro lado debo ser lo suficientemente inquisitivo como para que avancemos al menos un paso en este enigma. Tal vez lo mejor sea que vayas a Carvalhal como si tal cosa mientras yo intento sacar algo en limpio. Y que no le menciones nada hasta que tú y yo hablemos de lo que sea que yo haya conseguido averiguar. Si es que mis indagaciones tuviesen algún éxito, cosa que, conociendo a Duarte, no te doy por segura.

Hacía ya un rato que había desestimado la posibilidad de que Simão arrojase luz alguna sobre la oscuridad de mis dudas con respecto a Duarte. Así que decidí preguntarle sin más qué le había contado Luiz acerca de las vacaciones suizas.

—Oh, ya te lo dije por teléfono. Nada en concreto, sólo que pensaba investigar cómo se moría uno allí, legalmente.

—¿Y no te alarmó?

—No mucho... Como era legal...

El Jameson hace milagros, pero no hay whiskey que no destruya en un instante lo que un instante antes había conseguido construir.

Después de un segundo de silencio, apurando nuestros cigarrillos y pensando seriamente cuál debía ser nuestro próximo movimiento, me pareció que Simão iba a empezar a llorar.

Primero creí haberlo imaginado, pero al ver rodar rotunda una lágrima por su mejilla, y luego otra y otra, no tuve duda alguna de que a pesar del sol que lucía sobre nuestras cabezas empezaba a llover de nuevo en nuestros corazones. Me reí sin querer de la tremenda cursilería que acababa de pensar (que es la misma que acabo de escribir) y, mirándole a la vidriera de sus ojos verdes, empañados por quién sabía qué ponzoña, le pregunté:

—¿Y ahora qué pasa, querido Simão?

—Casi golpeo a un hombre por no saber de aparejos. No me asiste ninguna justicia. Podría incluso perder mi licencia por esto. La gente del club de pesca tiene un código ético muy exigente. Ten en cuenta que aquí vendemos fusiles arpón, que son armas mortales. Por no hablar de las botellas de oxígeno, material altamente inflamable. No se puede dejar un arsenal en manos de un loco. Podrían abrirme un expediente, obligarme a una completa revisión psicológica, revocarme sin más la licencia.

—Creo que ahora estás exagerando. Tal vez se conformen con fusilarte.

Lo dije para animarle, pero no lo conseguí.

Las lágrimas seguían cayendo, cada vez con más profusión, hasta que, no pudiendo contenerse, rompió en un llanto desesperado.

—¿Exagerando? Pero ¿no te das cuenta, insensato? Casi pierdo a mi novia, mi Ritinha, después de doce años..., por culpa de unas acelgas. No sé qué haría sin ella... Y si encima pierdo la licencia..., sería el fin. Y pensar que estábamos planeando casarnos. ¡Todo se derrumba a mi alrededor!

Comprendí que Simáo no tenía un buen día, o que estaba rematadamente loco, o que el whiskey le sentaba fatal. En cualquier caso, mis pesquisas estaban resultando un desastre. A punto estaba de tirar la toalla cuando, como un rayo de luz en mitad del océano que el náufrago a la deriva ya ni espera, Simão se sirvió otro Jameson, se recompuso y dijo muy serio:

—Deberías hablar con Bernice, tal vez ella sepa algo. Es más, si alguien sabe algo que nosotros no sepamos, sólo puede ser ella.

Miré en dirección al faro, entre la niebla, lleno de renovada esperanza. Es decir, miré a Simão sorprendido de que por fin dijese algo que no fuera un sinsentido.

—Suena sensato.

—Lo es. Si nos vamos ahora mismo, tal vez demos con ella en alguno de sus muchos bares. Es su hora de paseo.

Como sus muchos bares, lo sabía, estaban todos juntos, alrededor de no más de dos manzanas, entre la rua da Madalena y la Casa dos Bicos, sabía que no iba a resultar difícil dar con ella, y, es más, me avergoncé de que no se me hubiera ocurrido a mí antes.

—Apuremos el Jameson y nos vamos.

Simão le pegó el último trago a su vaso y se puso en pie. Parecía recuperado de todo el drama anterior.

—Y te digo otra cosa, amigo mío: no creo que después de todo se pierda a una mujer por unas acelgas.

Sonrió de oreja a oreja y nos pusimos en marcha. Puede que venir a ver a Simão no hubiese sido tan mala idea, al fin y al cabo.

Encontramos a Bernice en la tercera terraza.

Vi su figura de princesa rusa a lo lejos y me dispuse a fingir un coraje que no tenía mientras nos acercábamos. Bernice impone, pregunten a cualquiera que la conozca... Para empezar, tenía una edad indeterminada entre cien y quince. No tenía ni quince ni cien, claro está, pero su delicada apariencia no dejaba de resultar nunca adolescente, como si se lanzara a un baile de debutantes, mientras que su perspicacia, su sarcasmo y su cansancio parecían pertenecer a una monarquía depuesta. Mezclaba gestos de golfillo callejero con una elegancia sobrenatural. De hecho, había algo en ella que no se podía describir con otra palabra.

Bernice, menuda mujer. Daba hasta miedo. Dicen que construyeron el Max's Kansas City de Nueva York a su alrededor. Que ella simplemente estaba fumando en el parking que ocupó después el club y que más tarde, poco a poco, fueron llegando Lou Reed, John Cale, Miles Davis, los New York Dolls... Dicen que es rusa, de una vieja familia aristocrática emparentada con los zares, dicen que fue amante de Benny Goodman, dicen que escapó de un tren de prisioneros judíos en la frontera checoslovaca, dicen que no existe realmente, que no tiene edad, ni nombre, ni pasaporte, que llegó a Lisboa enrolada en un circo, que lanza puñales, que doma tigres, que lee el futuro y que desde luego no tiene pasado. Que Bernice es, en suma, sólo un invento de Bernice.

Sé que no es verdad. Luiz la conocía desde hacía años y corroboraba al menos parte de su leyenda, de la que había sido testigo. Algo de todo lo que se decía de Bernice, aseguraba Luiz, era cierto. Si es que certeza y leyenda pueden nadar en la misma pecera. Hablando de peces, Simão se había lanzado ya a besarla antes de que yo fuese capaz de decir hola, con una familiaridad a la que yo, que la conocía mucho menos y la temía mucho más, nunca me hubiera atrevido.

Me limité a saludarla, a distancia prudencial, con una simbólica reverencia que me pareció agradecía con algo parecido a una sonrisa, pero que también podría haber sido una mueca de profundo disgusto.

Con Bernice, en mi humilde experiencia, estas cosas, y otras muchas, no quedaban nunca claras.

Nos invitó, eso sí, a sentarnos a su mesita de la terraza de Maria Catita, un pequeño bar restaurante en la rua dos Bacalhoeiros en el que ya habíamos compartido veladas con Luiz y con Simão años atrás. Antes había más locales así en esta misma calle, pero ahora era casi un oasis entre franquicias internacionales con fotos de hamburguesas, costillas y confusos restaurantes falsamente asiáticos, animados por una especie de *happy hour* eterna a la que acudían turistas como moscas a lo suyo.

A Bernice, por otra parte, poco podían importarle los turistas, siendo como era extranjera en todas partes, una singular viajera interplanetaria de Dios sabe qué lejana galaxia.

—Así que ahora vais juntos —dijo según nos sentábamos—. ¿Lo sabe Luiz?

Tratamos de disculparnos, explicándole, mal, los dos a la vez, que se trataba de un encuentro casual. Lo cual, me parece, la convenció aún menos.

—Bah, bah, bah..., allá vosotros, no es de mi incumbencia.

Pedimos un par de cervezas y otro de sus vinos para tratar de suavizar la tensión. A lo cual también objetó.

—Si no os importa, tortolitos, os agradecería que me pidierais otra cosa, un vodka, por ejemplo; estoy cansada de fingir que no me doy cuenta de que Luiz me hace las bodas de Caná a la inversa con el vino desde hace años. Eso sí, no se os ocurra decirle nada, podría costaros la vida.

Otra vez creí verla sonreír y otra vez puede que me estuviese equivocando. Debajo de su gran pamela y sus gafas oscuras de Greta Garbo no había más que una llanura de incertezas.

Me sentí muy mal al hacerlo, pero le pedí el vodka de inmediato; al fin y al cabo, pensaba sonsacarle información y me pareció el camino más rápido. Y no disponía de tanto tiempo.

En cuanto llegaron las bebidas, Simão pasó al ataque.

—Queríamos preguntarte una cosa.

Y Bernice a la defensiva.

—¿Qué cosa?

—Algo sobre Luiz...

Intenté suavizarlo.

—Algo que nos preocupa, con respecto a Luiz. Con respecto a su bienestar, a su estado de ánimo, a decir verdad.

—Me molesta hablar a espaldas de mis amigos.

—Todos queremos a Luiz, es por eso por lo que nos atrevemos...

—Sólo contestaré sí o no. Así que pensad bien las preguntas.

Siguiendo su advertencia, calculé lo mejor que pude mi siguiente movimiento.

—¿Le has notado triste últimamente?

—No.

—¿Te ha comentado algo de su viaje a Suiza? Antes de emprenderlo, o al volver.

—No.

Simão intervino.

—¿Te ha comentado alguna vez algo sobre su hermano Duarte?

Aquí Bernice rompió su propia promesa.

—Te refieres a esa locura de los detectives. Me lo ha dicho mil veces, pero hasta él sabe que es mentira. Le encanta imaginar que le persiguen, aunque sabe que es absurdo, es consciente de que Duarte jamás haría algo así. Son todo inventos, y está bien que lo sean, quien se inventa su vida, lo sé bien, le da la forma que le viene en gana. Aunque después sufra las consecuencias... Además, tú eres quien mejor debería saberlo.

En ese momento noté que me miraba sólo a mí, y a través de sus gafas oscuras pude sentir cómo me clavaba los ojos, si es que fuese posible sentir un puñal a través de una puerta blindada.

—Y te va a costar un vodka más saber el resto.

A pesar de que me aterraba saber el resto, la verdad es que quería saber el resto.

Pedí otro vodka y dos cervezas más. Me defendí de mi mala conciencia pensando que lo hacía todo por Luiz.

Bernice encendió un cigarrillo, le dio un trago a su vodka y entonces lo dijo:

—Tú eres el único que persigue a Luiz, el único espía, el maldito detective.

Noté cómo Simão se echaba para atrás en su silla para mirarme como si viese a un culpable descubierto al fin tras la disquisición final de Hércules Poirot.

—Tú... —se atrevió a decir.

—Así es, querido Simão —siguió diciendo Bernice—. Siempre ha sido éste, desde el principio, el que ha seguido a Luiz a sol y a sombra, el único que se ha aventurado hasta los confines de la inocente imaginación de Luiz, el único que no ha respetado la libertad que a Luiz le asiste para vivir como quiera, donde quiera, para elaborar sobre sí mismo las mentiras o las verdades que él elija. El único que se ha atrevido a cuestionar su bendita libertad.

Vaya, cualquiera diría que a esta tal Bernice no le caía especialmente bien...

Desde niño, cuando alguien me insulta o me humilla, me abandono un rato, como quien se aleja de un apestado, me distancio de mí mismo, digamos cincuenta o sesenta pasos, hasta poderme mirar de lejos, hasta verme muy pequeño y, sin reconocerme del todo, darme en cambio verdadera lástima. Tal y como en ocasiones nos dan lástima los desconocidos. Este truco siempre me ha proporcionado consuelo. Traté de repetirlo por instinto, pero esta vez me pareció que no conseguía moverme en mi imaginación, sino que, por contra, toda la terraza, toda la calle, toda Lisboa se habían alejado prudencialmente de mi figura y me miraban con una inquina demoledora. A pesar de mis esfuerzos, noté cómo las orejas se me ponían coloradas. Apenas acerté a decir:

—Yo...

Bernice me interrumpió.

—Tú, precisamente tú... ¿Dónde está tu invitación?

Empezaba a marearme.

—¿Qué?

—Tu invitación, ¿dónde la tienes? ¿La recibiste? ¿La has extraviado? Venga, muéstrala de una maldita vez.

Me palpé la chaqueta sin saber qué buscaba.

—¡Enséñame de una vez la invitación!

—Qué invitación...

—La que te dio acceso a la vida de Luiz, para campar a tus anchas en los sueños de Luiz y en todos y cada uno de sus asuntos. A mí me han expulsado de muchos trenes por no tener los salvoconductos adecuados, qué te hace creer que puedes viajar de polizón en la vida de los otros. De niña me arrojé incluso de uno en marcha y caí rodando por las zarzas, de todos los demás me han expulsado. ¡Sin piedad! Me han echado de transatlánticos, aviones, hoteles, fiestas, países, continentes, hasta de hospitales y residencias de ancianos. Y, por supuesto, de casi todos los bares. Como a una rata mojada, me han expulsado una y otra y otra vez... Qué te da derecho a ti a viajar a lomos de Luiz sin billete, sin siquiera identificación. Nadie te ha elegido como sombra. Ni como escriba, ni como notario; nadie te ha pedido que lleves en tu lanza su pañuelo, si es que en algún momento te has soñado caballero.

Caballero o no, me caí de la montura y di con el yelmo en la arena. De nada me iba a servir esta vez mirarme desde lejos, ni aunque me alejase hasta donde se acaban los mares y la Tierra ya es plana y no hay más que dragones me iba a librar de ésta. Si no hubiese sido porque Simão había agotado hacía un rato las lágrimas, me habría echado a llorar allí mismo.

De pronto recordé que se me había olvidado decirles lo más importante. Tragué como pude la amarga saliva de sus muchos improperios y me atreví a elevar una súplica.

—Puede que tengas razón..., y es más que posible que revise mi comportamiento, pero a cambio os pido, a ambos, que Luiz jamás se entere de esta desafortunada conversación.

Bernice encontró en mis palabras más madera para su pira.

—Y encima me pides que mienta por ti. ¡Maldito mamarracho! No te preocupes, no hacía ninguna falta, yo no soy como tú, triste muchacho, a mí me basta y me sobra con preocuparme por mis propios problemas. ¡Lárgate de una vez! Y llévate tu mala sombra.

Sólo fui capaz de levantarme, pagar la cuenta y marcharme. Simão intentó detenerme, pero Bernice le obligó a sentarse. Y nadie le dice que no a Bernice.

—Déjale que se vaya, tiene mucho en que pensar.

Simão estaba más que azorado, me miraba con compasión mientras trataba, el pobre, de ayudarme.

—No le hagas caso..., ya sabes que..., cuenta con mi discreción. No te preocupes.

Ni que decir tiene que Bernice no vio la compasión de Simão con buenos ojos.

—¿Ya sabe qué? ¿Que estoy loca..., es eso lo que insinúas?

—No, no, Bernice, por nada del mundo. Sólo he querido decir...

—Pues no quieras decir nada y deja que se vaya. Hala, hala..., al cuarto de pensar.

Mientras lo decía agitaba las manos, como si me estuviera arrojando maldiciones.

Me alejé calle abajo tan aprisa como pude, me di perfecta cuenta de que estaba huyendo, despavorido, como si de verdad fuera culpable de todas y cada una de sus acusaciones.

Huir era sin duda darle la razón, pero quedarme, tal y como estaba la cosa, significaba arder en el fuego del infierno. Esa buena mujer era capaz de culparme de la crisis del 29.

Recorrí penosamente al menos tres manzanas antes de detenerme, recobrar el aliento y sentarme un segundo a pensar en qué demonios era lo que me había afectado tanto. No tenía cuarto de pensar al que ir, así que decidí que una terracita junto al río Tajo me serviría. Me senté y pedí otra cerveza. Debía tratar de poner en orden las ideas.

Sabía que Bernice no estaba bien de la cabeza, por muy maravillosa que fuera. No estaba bien desde el principio y la había visto, aunque de lejos, deteriorarse con los años, y sin embargo lo que había dicho no era un sinsentido. ¿Y si todo lo que yo había considerado mutuo afecto no era, más allá de una desmesurada fantasía por mi parte (de eso tenía yo más que sospechas), una insoportable imposición para Luiz?

¿Y si había acertado Bernice al describirme como una sombra impuesta e intransigente?

¿Y si aparte de un sabueso o un espía, un polizón o, peor aún, un miserable parásito, era también un brasas? No, no podía ser, de ninguna manera. Me negué a considerarme a mí mismo un individuo tan despreciable. Pero ¿no reniegan todos y cada uno, hasta los tiranos y los asesinos, de su verdadera condición? ¿De qué está construido el mundo sino de ciegos frente al espejo?

¿Y si esta formidable sarta de insultos no era más que una prodigiosa, aunque dolorosa, revelación?

Miré a mi alrededor como si al girarme fuera a ver a una multitud señalándome con el dedo, acusándome de crímenes de lesa humanidad, pero no vi más que cientos de turistas y lisboetas encantadores, disfrutando de una tarde perfecta a orillas del río.

¿Por qué demonios no podía yo también formar parte de ese armónico paisaje?

¿Por la loca de Bernice?

¿O había algo más?

¿Y si sus inculpaciones no iban desencaminadas y coincidían, es más, acertaban de pleno con mis propias dudas, con mis verdaderas sospechas sobre lo escurridizo de mi carácter?

No me quedaba otra que llamar a Alma. Si una dama, aunque estrambótica, me había maldecido, sólo otra dama podría salvarme. O por lo menos tranquilizarme. O, aunque sólo fuera eso, animarme un poco. Lo necesitaba.

Saqué mi teléfono móvil, apenas lo uso, para hacerme el especial, sobre todo frente a Luiz (cómo no), pero por supuesto que tengo uno.

—¿Alma? Jo, qué suerte que te pillo... Bien, muy bien, formidablemente en realidad, pasando una tarde encantadora en Lisboa.

Disimulé el tono pesaroso de mi ánimo con una voz sosegada, con gran eficacia, creo. De lo aciago que me sentía a lo dicharachero que pensé que sonaba había mil años luz de distancia. Para mendigar siempre hay que llevar bien alta la cabeza, sólo para alardear hay que agacharla. Alma me conocía demasiado bien como para engañarla con un truco tan burdo.

—Te noto fatal, ¿pasa algo?

Me temo que mi puesta en escena se había derrumbado en un segundo, a la gente a la que uno quiere no debería tratar de estafarla. Alma siempre ha tenido un contador Geiger capaz de desenterrar mis mentiras con la habilidad con la que un niño encuentra monedas en la arena de la playa. Resultaba inútil tratar de engañarla. Al menos para mí. Si me hubiera dibujado, no me conocería mejor.

—No es nada. Una tarde un poco rara, en realidad, tal vez no tan encantadora... En fin. Sólo quería preguntarte una cosa. —Decidí apostarlo todo a un solo número—. ¿Tú crees que Luiz me quiere... un poco?

—¿Un poco? Estás completamente loco... Luiz te adora. No supe descubrir muchas cosas de Luiz, pero supe ver ésa. ¿Me vas a decir qué pasa? ¿Os habéis enfadado? No es posible que os hayáis enfadado. Eso no puede pasar.

—No, eso no ha pasado. Ni siquiera le he visto aún. Voy camino de Carvalhal. Es sólo que, de pronto, no sé por qué, me he puesto triste y he dudado.

—Puedes dudar de lo que quieras, puedes dudar del principio de Arquímedes, de que la Tierra gira, si te da la gana, pero no puedes dudar nunca, ¡nunca!, de que Luiz te adora.

Ahora sí que iba a llorar. Para evitarlo, me despedí deprisa.

—Gracias, Alma, sin ti no sé lo que sería.

—Gracias a ti, y no seas tan dramático, y llámame otra vez cuando estés con él, por favor, me encantaría saludarle y saber que está bien.

Creo que se me escapó un suspiro.

—No irás a llorar, ¿verdad?

—¿Qué te hace pensar...?

—Oh, nada, me había parecido... Oye, ¿sabes lo que serías sin mí?

—Nada.

—Nada no. Sólo un editor con una colección de libros mal ilustrados.

—Eso es aún peor que nada.

—Por una vez te doy la razón. *Ciao.*

Y colgó.

De pronto el humor me había cambiado por completo; la tarde volvía a ser preciosa, Lisboa, tan encantadora como siempre. Cuando el amable camarero me preguntó si quería otra cerveza, decidí regalarme un whiskey. Alma tiene ese efecto. Coge el peor día de tu vida en sus manos, lo arruga y lo estira después hasta convertirlo en el día que recordarás más tarde como perfecto. Siempre me he preguntado por qué Luiz la dejó pasar. Yo jamás lo habría hecho. Me alegro, en cualquier caso, de que nunca me haya querido como yo esperaba que me quisiera; siendo honesto, no me considero a su altura. Y, pensándolo bien, ahora mismo, con un buen whiskey en las manos, por nada del mundo hubiera estado dispuesto a amargarle la vida a una mujer tan prodigiosa con una presencia tan insignificante como la mía. Pensé en Bernice ya sin ira, y caí en la cuenta de que al menos en algo había acertado de lleno. Yo no era mucho más que una sombra. Ni tenía desde luego intención de dejar de serlo. Para mi sorpresa, me reconfortó pensarlo. Como cuando de niño conseguía darme pena desde lejos.

Llegué al hotel con una buena curda, no es de extrañar. Apenas fui capaz de lavarme los dientes antes de caer rendido en la cama. Quise pensar en algo hermoso mientras llegaba el sueño; la habitación resultaba tan impersonal (como todos estos hoteles de aeropuerto) que ayudaba. Me imaginé que allí no dormía nadie, que la habitación estaba vacante. El precinto del retrete sin abrir, ninguna ropa doblada en la silla, ninguna maleta en el suelo, la cama sin deshacer, esperando a otro que había perdido el vuelo y no llegaba hasta mañana.

Al día siguiente me desperté de buen humor y muy temprano, ni rastro de resaca, desayuné poco, según mi costumbre (o sea, nada), y tomé mucho café que acompañé con medio paquete de cigarrillos. Me di una buena ducha y salí a dar un paseo alrededor del hotel, es decir, por ningún sitio, pues junto al hotel no había más que un parking semivacío a cuyo extremo empezaba a su vez el parking de un centro comercial y, a lo lejos, lo que parecían los módulos funcionales y siniestros de todos los polígonos industriales, con sus correspondientes parkings. No tenía intención de acercarme a Lisboa hasta que llegara la hora de coger el tren para Setúbal (daba por acabadas mis pesquisas), así que pasé un buen rato caminando, de un aparcamiento a otro, sin notar diferencias significativas en mi estado de ánimo, quizá porque por una vez, puede que por primera vez desde la infancia, no estaba pensando en nada en concreto, ni siquiera en nada inconcreto. Mi no pensamiento se acercaba de forma milagrosa al cero absoluto, redondo, perfecto.

Un paseo formidable, se mire por donde se mire, con el rumor de la autopista como única compañía, que tapaba con su familiar ladrido mecánico constante los absurdos cánticos de los pájaros. Creo que estaba formidablemente feliz (otra novedad), hasta que recordé, de golpe y porrazo, el motivo de mi viaje.

No había venido a Portugal a ser feliz entre aparcamientos y polígonos industriales, ni a igno-

rar las aves, ni a encontrar la paz interior. El motivo
de esta visita era de otra naturaleza. Había venido
a ver qué narices hacía con un señor de mediana
edad (de mi misma edad provecta) que había tomado sin más la decisión de morirse y al que yo,
por alguna razón que ahora mismo me era imposible determinar, había decidido convertir en el
centro de mi miserable universo.

Traté a la desesperada de regresar a ese momento perfecto en el que, como el huésped que
no llegó anoche, estaba paseando sin tener que soportar el inefable (y me temo que infame) peso de
existir y, por consiguiente, caminaba ligero, tan
contento, tan tranquilo, tan inocente, tan sensato,
pero evidentemente no lo conseguí. Una vez que
recuerdas tu nombre, ya no hay quien escape.

VII

Y ahora, pasados esos confusos dos días en los que quise saber demasiado (y acabé maltrecho y no sabiendo nada), ya estábamos en el ferry de Setúbal camino de la península de Troia. Atrás quedaba el hermoso puerto de Setúbal, con su enérgica actividad turística e industrial, y enfrente, apenas a unos kilómetros, el más petulante puerto de Troia, principalmente deportivo. Siendo temporada alta, el barco estaba atestado de veraneantes, muchos de ellos bendecidos por sus ruidosas, caprichosas y engorrosas *crianças*, con lo cual el puente parecía el lugar más amable para realizar el breve trayecto. La brisa en la cara, el olor a mar y el sol del mediodía abrasando la costa completaban la estampa, que habría resultado de lo más agradable si no hubiera sido porque tenía muchas cosas oscuras en que pensar y estaba sumido en un extraordinario estado de excitación sabiendo que Luiz me esperaba en la otra orilla.

Por mucho que quisiera no recordar Suiza, me acordaba, y le había dado más de mil vueltas antes de llegar hasta aquí, para cerciorarme de que no andaba tan desencaminado esperando lo peor, ni me estaba equivocando al comprender la necesidad urgente de una acción de contraataque. Lo que más me inquietó de la tarde que pasé en la cabaña del lago (mal que me pese, no queda más remedio que hablar de ello) fue la enorme calma con que Luiz se explicaba, la paz que ya vislumbraba en su decisión y el escaso dramatismo (ninguno, en realidad) con el que detallaba su sencillo plan. Vaya por delante que me hubiera gustado hacer este capítulo más largo, pero mucho me temo que para cuando de veras me lo explicó ya tenía su medida. Y era breve. Tan escueto como una decisión ya tomada. Y, para mi sorpresa, no había en su argumentación, ni en su semblante ni en su estado de ánimo nada especialmente siniestro.

En fin, este momento tenía que llegar, y mejor que sea aquí, en el ferry, sujeto a la baranda del puente, con el maldito viento en la cara y la amplia marisma por delante. Si fuera cursi diría que en esta marisma se refleja aquel lago, y en este día, ese otro que con tan poca fortuna había tratado de esconder en el fondo de mi cerebro.

Sea como sea, vamos ya, de una vez por todas, de vuelta al lago Constanza. No hay más remedio. A la tarde de la conversación que me he negado hasta ahora a revisar minuciosamente. La estúpida conversación que flota en el lago no como un iceberg, sino como un molesto barril vacío, mitad dentro, mitad fuera del agua. Tan insignificantes como inútiles ambas mitades.

Ya hemos vuelto a recorrer el sendero hasta la residencia Omega, hemos saludado al guarda y a un par de enfermeras y nos hemos adentrado en la zona donde se esparcen las pequeñas moradas transitorias de los futuros muertos. Creo que incluso nos hemos cruzado con alguno de ellos en el bosque, pero es difícil estar seguro. A alguien que está considerando quitarse la vida, curiosamente no le adorna ninguna expresión especial, ningún gesto concreto.

La cabañita de suicidarse de Luiz es de lo más acogedora. Toda de madera, decorada con sencillo buen gusto, tiene una hermosa chimenea de hierro y vistas a la isla de Lindau.

Es verdad que no son cabañas pensadas para colgarse de la viga del techo, sino para recibir la muerte más dulce en las mejores condiciones. De hecho, es todo tan coqueto y encantador que dan ganas de no matarse y pasarse lo que a cada uno le reste de vida disparándoles a los patos. Está prohibido, por supuesto.

Luiz se ha traído unos cuantos libros, una foto de su madre, apenas adolescente, en un marco de plata y unas mantas alentejanas que ha puesto aquí y allá para sentirse como en casa.

Los libros que se ha traído son de lo más curioso. Una biografía de Agassi; *¡Tatlin!*, de Guy Davenport; algo de Patricia Highsmith, claro, *El diario de Edith* para ser concreto; *Murciélagos del infierno*, de Barry Hannah; *Puck de la colina de*

Pook, de Kipling; Rubem Fonseca; Piglia; las memorias de David Niven...

Me llamaron la atención, o al menos despertaron mi curiosidad, los libros de Luiz, pero, pensándolo un poco, ¿qué libros me llevaría yo para morirme? Si he de ser sincero, al hospital me llevé muy pocos (en el hospital hay que hacer muchas cosas y apenas te queda tiempo para leer), y además están las drogas, que te tienen medio lelo casi todo el tiempo. Ahí me llevé sobre todo algunos ya leídos, como para darme la razón a mí mismo, o al menos cierta dosis de consuelo, o confianza, libros como causas mágicas, es decir, más como fetiche que como entretenimiento: uno de Hölderlin, otro de Chesterton, si no recuerdo mal, Elizabeth Bishop, claro, y uno más de Virginia Woolf, y si les soy sincero, no me acuerdo de haber tocado apenas ninguno. Recuerdo haber hojeado la prensa deportiva. Sólo para saber si a mi equipo lo había ganado otro, como si eso fuese importante... Vuelta a la cabaña de Luiz, que se me va, de hecho, se aleja todo el tiempo entre la niebla del lago Constanza, pero aquí está todavía, la dichosa cabaña, y él ha llegado hasta este estrambótico lugar apacible llamado Suiza para irse para siempre, no para pescar lucios.

Sigamos alegremente con la descripción de su cabañita, que al menos es real, de sólida madera, por más que las intenciones de mi amigo pertenezcan, o eso me parecía entonces, al territorio de las ilusiones, quizá algo macabras, pero ilusiones al fin y al cabo.

También ha traído (no podía faltar) un viejo póster de Carmen Miranda, algunas tazas y hasta un cenicero del Che Guevara que compró como *souvenir* en un viaje a Cuba hace décadas.

Las otras cabañas (así a ojo, algo más de media docena) están repartidas por el bosque, lo suficientemente lejos como para no agobiar y lo suficientemente cerca como para no sentirte solo.

Estamos terminando el almuerzo que Luiz había preparado —arenques y pan negro, selección de quesos de la zona y un exquisito paté de oca que él mismo había elaborado, con su gelatina y todo—, hablando de esto y de lo otro, riéndonos de cualquier tontería, pasándolo bien, cuando el idiota de mi verdadero (y único) amigo suspira y se decide a hablarme en serio, a contarme de una vez por todas sus verdaderas intenciones y la causa, o el origen, de éstas.

Habla Luiz mientras me ofrece una copita de hada verde que recibo con gusto. Lo cierto es que le estoy cogiendo cariño a este maldito brebaje.

—¿Por qué? Bueno, trataré de explicarlo. Aunque en realidad es muy sencillo. Simplemente he perdido el interés y, lo que es más, cualquier atisbo de entusiasmo. Y quiero, por otro lado y por todos los medios (y esto es importante), evitar vivir ningún drama. No me apetecen las catástrofes, y la vida a la larga siempre las trae. Es imposible vivir mucho sin sufrir al menos un poco. No me apetece, no me apetece en absoluto. Ahora mismo soy feliz, y así quiero morirme.

»Piensa en Bernice, apagándose por un lado y sujetando con la otra mano la ira del infierno, piensa en todos aquellos a los que has visto morir en medio de una agonía de resistencia. Una contrafuerza sin sentido. Un ejército de romas lanzas contra lo inevitable. —"No me apetece...". ¿Lo dijo así o lo imaginé? Qué más da, lo había imaginado todo desde el principio. ¿Qué había de real en todo esto?

Mientras yo dudaba de lo que iba a ser capaz de recordar, continuó:

—Acabar ahora, aquí, plácidamente, es lo único que se me ocurre, lo único que me tranquiliza y lo único que me reconforta. No veo qué mal le hago a nadie. Resumiendo: si puedes concebir una proeza no como un sueño absurdo, sino como una mecánica concreta, puedes llevarla a cabo. En Suiza lo tienen todo pensado, el papeleo ya está en marcha, sólo es cuestión de esperar a los abogados. Después del verano volveré a instalarme aquí, y cuando me digan que todo está resuelto, una tarde cualquiera, sin más, adiós a todo esto.

Había razones a la vez tan sensatas y tan livianas en su relato, y en su actitud, sobre todo en su actitud, que alejaban argumentos tan rimbombantes y grotescos como «ganas de vivir» o explicaciones tan burdas como «depresión», más ajustadas a manuales de autoayuda o la incapacidad de un entusiasmo tan extendido como el de la gente que quiere vivir a toda costa, por aceptar la mera posibilidad de un entusiasmo distinto. Que no menor. Ni en rango, ni en fortaleza.

«Esto se me está haciendo largo». Fue probablemente la frase más amarga que le escuché decir aquella tarde, y así, sin dolor, con una suave sensación de cansancio, justificaba su abandono. Y lo peor era que yo no podía sino entenderlo.

Lo siguiente que me dijo me preocupó aún más, no tenía una prisa específica, ninguna urgencia concreta, pero, desde que había dado los pasos necesarios para acercarse a esa futura muerte suiza, la idea cada vez le parecía más apetecible (otra vez la dichosa palabra), como la promesa de un pastel de chocolate que nos espera al terminar la aburrida jornada en el colegio.

Así me lo dijo, «me apetece», y en esa expresión tan poco rigurosa creí ver el verdadero músculo de su firme voluntad. Lo poco o nada que había de puesta en escena, de teatro, de juego, en su sólido capricho.

Y digo capricho porque considero que, en la apacible existencia de Luiz, el capricho era, y es, un motor tan grande y poderoso como pueda serlo la ambición en la mente de otros titanes.

Creo posible que la pereza alcance proporciones titánicas en algunos espíritus, y poca duda me cabe de que el de mi amigo era uno de esos elegidos raciocinios. Digo esto último sin rastro alguno de ironía, pues me parece una hermosa pereza. Una pereza luminosa y bienaventurada, tan alejada de la tiranía de los empeños que, vista desde fuera, no puede sino provocar envidia e incluso admiración.

Una lánguida pereza frente a la cual la muerte dulce parece la consecuencia más lógica.

El único camino.

El resto de sus cálculos también encajaban con fría exactitud y templanza. Y se notaba, a las claras, que no eran fruto de la improvisación.

Silencio, que Luiz continúa:

—Muertos mis padres, no hay a quien causar un gran dolor. Para Duarte será sin duda un pequeño disgusto, y a cambio un enorme alivio, que con el tiempo apreciará. Volverá a abrazar, en su recuerdo, al niño que era su compinche y dejará irse a este hermano al que nunca entendió y que, me temo, tanta inquietud le produjo.

»En esta vida supongo que se puede pensar o hacer, y tener algún interés por cualquiera de esas causas es suficiente para continuar. Y yo ya no lo tengo. Puede que nunca lo haya tenido, aunque hacer cosas insignificantes me entretuviese durante un tiempo, hasta hace no mucho; pensar, en cambio, siempre estuvo muy lejos de mis capacidades, he leído lo suficiente como para darme cuenta de que no soy quién para andar pensando en nada. Hay quien considera que el pensamiento de cualquiera es tan válido como el de los sabios. Pues bien, yo, desde luego, no soy uno de ésos. Desde donde yo lo veo, y, créeme, nadie lo puede ver por mí con más precisión, mi vida carece de mérito o sentido. Cada mañana soy plenamente consciente de que nada de lo que pueda llevar a cabo transformará el día en algo de valor y, fracasado en esa alquimia, no soy capaz de pensar en el tiempo que me queda por delante, que, más allá de resultar más o menos placentero, carece por completo de significado. La felicidad me provoca un tedio nauseabundo, y la dificultad me aterra. Así las cosas, sólo veo una salida lógica.

»No lo digo con rencor o amargura, muy al contrario, doy mi vida por perfectamente satisfecha y algo me dice que, a partir de este punto, la cosa sólo puede ir a peor. La paz que me ofrezco a mí mismo es la paz que, creo, me merezco y la que considero aceptable y, repito, la que me apetece. Negarme esto a mí mismo sería hacerme un flaco favor.

Ahora hablo yo, y mi voz me suena tan ingenua rebotando entre las paredes de la cabaña como la súplica de un niño:

—¿Y yo?

—Tú serías el segundo, querido. Por eso mismo pensé que lo entenderías.

—Lo entiendo, pero no sé si lo acepto.

—Lo aceptarás. Puede que te lleve un tiempo, pero al final verás que no hay calamidad alguna.

No se trata de un espantoso accidente ni de una lacerante enfermedad. De hecho, también en eso he pensado. A fecha de hoy, no hay nada que me duela, ni se me presenta ningún escenario emocional espantoso, y precisamente por ello es el momento adecuado. Tengo claro que no deseo por nada del mundo morir sufriendo. Deseo morir contento. Por eso estoy aquí. Ésa es mi decisión y no quiero que genere ningún conflicto ni me acarree ninguna molestia, así que te agradecería que hiciéramos como si esta conversación nunca hubiera tenido lugar. Sigamos con nuestras cosas como hasta ahora, por favor, y después del verano ya veremos. No tengo una fecha cerrada para esto, como creo que ya te he comentado. Mientras pague mis cuotas dispongo, por así decirlo, de una eterna invitación abierta. Una acción de oro que puedo ejecutar cuando me plazca, así que, como ves, no hay motivo por el que agobiarse ni viene al caso ponerse nervioso. He visto a demasiados hombres hablando de la muerte como si fuera un asunto esencial, o trascendente, y no lo es, o al menos estoy convencido, y aquí no se va a morir nadie más que yo, de que la muerte de un hombre es una gran nadería. Nada más terrible que una bombilla que se funde en una enorme tienda de lámparas.

Y qué podía hacer salvo darle la razón. Yo mismo me había muerto, o casi, y había comprobado de primera mano la brutal intrascendencia de todo el trámite. Ni sentí pánico antes de la operación ni euforia alguna al despertar en la unidad de cuidados intensivos y comprobar que la muerte anunciada como posible, a un cincuenta por ciento según mi buen doctor, no había sucedido. Tampoco alcancé ninguna revelación durante el tránsito, ni experimenté nada (aparte de una pesada rehabilitación con el fin de volver al pesado oficio de vivir) después. Puedo decir que en todo el tiempo que había transcurrido desde la noticia del tumor, la subsiguiente intervención y el penoso esfuerzo de regresar al mundo de los charlatanes no había vislumbrado nada que pudiese considerarse trascendental, y así hasta hoy. De manera que, con mi propia e insignificante peripecia como modelo, no era capaz de rebatir ninguna de sus tesis y, a pesar de ello, algo tenía que hacer para evitar que este absurdo héroe que me había construido se extinguiera tan plácidamente. Puede comprenderse que, si bien morirse uno no es gran cosa, ver morir a otro resulta de lo más desagradable.

Podría parecer que me tomaba esto del suicidio de Luiz a la ligera, pero nada más lejos de la verdad, me irritaba muchísimo. Sobre todo porque no había sido idea mía sino suya, y detesto que me ganen aunque sea al parchís. La vida de cualquiera no tiene la menor relevancia, vale, pero él no era cualquiera, era de alguna manera mi creación y no tenía derecho a andar tomando decisiones por su cuenta.

Aquellos a los que amamos no deberían tener derecho al libre albedrío.

¿Qué le dije? Pues nada. Sabía bien que no era cuestión de recitarle una salmodia de lugares comunes, ni civiles ni sagrados. Ni éticos ni divinos. Los dos habitábamos de común acuerdo un plácido mundo sin cuestiones mágicas ni trágicas. Un territorio racional en el que mencionar atardeceres, flores, pajaritos, amores, desdenes sonaba tan ridículo como recurrir a resortes cósmicos o espirituales. Ambos estábamos al tanto de nuestras limitaciones, de nuestra nimiedad, de nuestra irrenunciable pereza. Él sabía que no era más que un gigante a ojos de un enano, y yo tenía bien claro quién era el enano en cuestión, y no vivía bajo ninguna seta en un bosque irlandés, agazapado en espera de que los niños, en su prodigiosa inocencia, le echaran la vista encima. No, yo soy un enano a plena luz del día, parado en mitad de cualquier calle, sin sortilegio tras el que esconderse. Verán ustedes que me tengo por un ciudadano más del mundo real, no por una de esas ensoñaciones disparatadas que se identifican a sí mismas como únicas, y que no me considero especial por la triste ciencia de «mi mamá me lo dijo». Al igual que mi amigo, he observado con cautela a algunos individuos prodigiosos, lo suficiente como para darme cuenta de que no voy a engrosar las filas de los excepcionales.

No he sido nunca nadie, y no hay mucho que decir ni lamentar al respecto. Tampoco se me ocurría, por lo tanto, nada que decirle a Luiz para torcer siquiera un poco su férrea voluntad.

Así que me quedé callado y empecé a pensar en cómo ganarle esta partida en la que él creía tener tan bien calculado el jaque mate.

De vuelta al ferry de Setúbal, con la brisa en el rostro, el bullicio de los turistas y sus insidiosos mocosos, de pronto, como si se tratase de un relámpago sobre el agua, vi con claridad cuál debía ser mi estrategia.

Él tenía un plan, contra eso poco o nada se podía hacer, sólo se trataba de desarrollar ahora yo el mío. Uno que mandase el suyo a hacer puñetas.

Me vine arriba, como si con sólo planteármelo ya le estuviese ganando por la mano.

Revisemos con cautela el jaque mate de Luiz. ¿Infalible? Infalible no, caballero, de ninguna manera, no, siempre y cuando yo fuera capaz de desplegar mi propia táctica. Tampoco la pelea era Kaspárov contra Fischer (esos dos nunca se enfrentaron, por razones obvias), pero, volviendo a esa absurda analogía, sigamos con Luiz y el ajedrez (que quede claro que no sé casi jugar al ajedrez, sólo sé hacer torpes analogías de ajedrez). Existe el sacrificio de dama; pues bien, ¿por qué no iba a ser posible el sacrificio de rey? Eso este imbécil no lo había visto venir. Una vez que tienes el qué, sólo te falta averiguar el cómo. Contaba con una ventaja impagable: en este asunto de la muerte, él no era más que un novato y yo tenía ya cierta experiencia. Dos minutos de parada cardiorrespiratoria pueden parecer poca cosa, pero ya es mucho más tiempo del que han estado muertos la mayoría y, desde luego, más de lo que pueda saber Luiz sobre el otro lado del valle. Por una vez en la vida, le llevaba la delantera, no tenía más que apretar el paso para llegar antes que él a la meta. Ja, me dije (no sin avergonzarme un poco), ahora te vas a enterar, aprendiz de suicida. Espera que me aplique en lo que tengo en mente. Cuando yo me muera se te van a quitar las ganas. Te conozco y sé que no te gusta llegar segundo. Serías capaz de cualquier cosa, por extraña que fuera, hasta de seguir viviendo, con tal de no irme a la zaga. No sacarías jamás a tu querida muerte a bailar sabiendo que se te había adelantado otro galán. Ya sólo con maquinarlo te voy ganando, mi querido amigo... Con ese estúpido razonamiento, he de confesarlo, me quedé la mar de contento. Ahora sólo tenía que aplicarme para que no se quedara todo en bravuconería y agua de borrajas. De los que gritan «al abordaje» a los que abordan hay un tremendo *décalage*. La distancia que separa las naves, para empezar, o, saliendo del territorio tan difícilmente medible de las metáforas, lo que separa el empeño del logro. No quería yo por nada del mundo caer a esa agua tan sucia. En este astuto proyecto, la anticipación era la clave y el factor sorpresa, esencial, lo que conllevaba por mi parte esconder concienzudamente mis aviesas intenciones. Eso no iba a resultar nada fácil, ya que para Luiz tendía a ser transparente, y luego estaba también el pequeño asunto de quitarme la vida sin hacerme mucho daño. Pero bueno (me decía yo tratando de animarme), la idea está ya trazada en líneas maestras, el resto son detalles.

Y contaba con todo un verano para perfilarlos.

Cuando acabé de pensar todo esto, el barco ya llegaba a la costa de Troia y, a poco que guiñé los ojos, pude ver a Luiz esperando al otro lado de la bahía. Sentado en la terraza de un café del puerto.

VIII

Ya estamos en Carvalhal, en la *otra* cabaña de Luiz, con su techo de brezo, aunque estemos todavía, de alguna manera, en su maldita nueva cabaña para fantasmas prematuros del lago Constanza. Enredados en la conversación que dejamos a medias aquella tarde noche, que, en cambio, ninguno de los dos se atreve a retomar. Enzarzados en la presencia silenciosa de esa conversación que esquivamos.

Desde que me recogió en el puerto no había vuelto a hablar de Suiza, ni a mencionar la muerte, y parecía tan distraídamente alegre como siempre, como si de pronto Suiza nunca hubiera existido. Y, claro, me cuesta un mundo ser yo quien saque el tema. Como cuando tienes que regañar a un niño que ya no recuerda su travesura y, viendo su alegre y despreocupada felicidad, no encuentras nunca el momento adecuado para arrastrarle a las horas oscuras de su fechoría. Y, en cualquier caso, tramando ya mi estratagema, no venía al caso alertarle de ninguna manera, ni dar pie a involuntarios deslices. Así que me abracé a ese silencio como si fuera otro aliado de mi causa.

Cuanto más callaba él, más seguro estaba yo de arrebatarle la victoria.

Y a cada rato, sin saber por qué, con la excusa más tonta, nos echamos a reír.

Ja ja por aquí, ja ja por allá. Lo que se dice desternillarse sin ton ni son, ni orden, ni motivo. Como dos adolescentes en su primer campamento de verano.

Viéndolo ahora, tan risueño, uno pensaría que Suiza no era más que otro capricho de mi imaginación, por más que yo supiese a ciencia cierta que no lo era.

Él tendría, sin duda, sus buenas razones para ocultarse entre tanta carcajada, y yo sabía que tenía las mías, lo que no acababa de entender es por qué parecía tan genuinamente contento.

Yo, para disimular, le seguía. Contento también como una castaña pilonga. Tampoco a este juego me iba a dejar ganar.

Por lo demás, nuestros días en Carvalhal transcurrían como siempre, plácidos y huecos.

Alegres más allá de las risas tontas, una alegría que en verdad me parecía de sincera naturaleza, como si ninguno de los dos estuviese considerando con tanto escondido ahínco esto de matarse. La cabaña de Luiz está a escasos diez minutos andando de la playa y vamos a bañarnos casi todas las mañanas muy temprano, cuando apenas ha llegado nadie, o con suerte está totalmente desierta. Leí en algún sitio que es la playa más larga de Europa y desde luego es inmensa, pero nos basta y nos sobra con un pedacito para nadar desnudos y tendernos al sol a secarnos, antes de que nadie nos importune. Luego nos vestimos y regresamos a casa, y no volvemos a pisar la playa hasta quizá la noche, algunas noches en que el calor aprieta, o estamos ya tan borrachos que nos da lo mismo si hace frío o llueve. Por lo normal comemos en casa, ya saben lo buen cocinero que es Luiz, pero algunos días nos acercamos a algún pueblo cercano como Carrasqueira, con su hermoso puerto palafítico, ya semiabandonado, clavado en el agua como un insecto testarudo de largas patas de madera, y que parece estar amarrando aún las barcas fantasmas de los pescadores que ya no están, que se fueron a no sé dónde hace ya mucho tiempo.

Los días se nos van leyendo, charlando o pensando en las musarañas, sobre todo a mí. Luiz se dedica a menudo a todas esas cosas que tanto le gustan y que implican serruchos, tijeras de podar, clavos o botes de pintura. Otras veces se pasa la mañana quieto, sin despegar los ojos de alguna de sus lecturas, que lo mismo puede ser un libro de Victor Hugo que un viejo número del cómic italiano *Diabolik* (guarda toda la edición original de los sesenta), o viendo en el ordenador culebrones brasileños, su pequeña debilidad.

Por lo general dormimos separados, pero muchos días nos liamos a hablar tumbados en la cama de Luiz o en la mía y caemos plácidamente agotados, cada uno arrullado por el murmullo menguante de a quien le corresponda la última sandez. Confieso que en estas charlas intrascendentes suelo ser yo quien más se alarga y que a menudo me resisto a entregarme a un sueño profundo hasta que no me acunan sus ligerísimos ronquidos.

Es curioso que duermo mejor y hasta creo tener sueños más agradables cuando dormimos juntos.

A veces bajamos al centro de Carvalhal, si es que se le puede llamar así o tal cosa existiera, pues no consiste más que en dos tiendecitas y tres bares restaurante.

Hasta nos arreglamos con un poco más de esmero de lo habitual (aunque Luiz va siempre hecho un pincel con cualquier cosa) y bajamos de buen ánimo, para socializar un poco, o para dejar de mirarnos un rato el uno en el reflejo del otro.

Por supuesto, los días pasaban y ni rastro de la muerte. Ni una señal, ni un comentario, ni una pista de que *esa* conversación y *esa* Suiza hubiesen sucedido en realidad. Era como si Luiz, después de haberse confesado y puede que reafirmado una buena tarde, se hubiera negado otros treinta días a reconocer lo que había hecho. Como si pudiese dejar caer cosas así, esa cosa ni más ni menos, tal que si nada, y luego pretender que no las había tirado él. Le sabía un inconsciente, pero me costaba creer la desmesura inconsistente a la que había llegado su insensata inconsciencia. No es que el niño hubiera roto un plato, es que pensaba, o eso había dicho, romperlos todos.

Pues nada, parecía que con él no iba el asunto y los días, como digo, se amontonaban felices, apacibles, gozosos, jodidamente perfectos.

De hecho, no me quedaba más remedio que reconocer que aquel maldito verano estaba siendo el más encantador de cuantos había pasado en mi vida.

Pero una tarde cualquiera de esas en las que bajábamos al pueblo atildados, con la sana intención de romper la rutina y mezclarnos con otros seres humanos, la cosa dio un giro.

Estábamos bebiendo tan tranquilos en O Granhão, el mejor local (con diferencia) de los tres que había en Carvalhal, a la hora en que todo el mundo va volviendo de la playa y se prepara para la cena con unos cuantos combinados y unos pasos de baile alrededor de algo muy parecido a un *juke box*, moviendo las caderas al ritmo de esa maldición (o justa venganza) del tercer mundo sobre este nuestro privilegio occidental llamada reguetón. Los europeos de mediana edad bailando cualquier tonada, pero en especial ritmos latinos, siempre me han sumido en un estado de profunda melancolía. Una pena sólo comparable a la de descubrir el *Kamasutra* en la mesilla de noche de tus padres. En eso andaba pensando cuando un tipo de Hamburgo grande como un barco carguero me animó a bailar, y, ante el asombro de Luiz, allí que me fui. Agitando el culo con tan poca gracia que el tipo de Hamburgo a mi lado parecía primera figura del ballet afroamericano de Alvin Ailey.

Creo que fue entonces, al volver a la mesa después de mi baile sandunguero, cuando Luiz dijo: «A esto no hay quien le coja cariño», pero claro, antes había dicho: «Sin cierto entusiasmo, esto no funciona». Así que vaya usted a saber. El gordo de Bristol (vimos pasar también a un gordo de Bristol) nos hizo señas y pensamos que nos iba a vender drogas, pero resultó que nos quería comprar drogas, y, ante el evidente malentendido, empezamos a reírnos todos tanto que a punto estuvo de resultar gracioso. Pero no lo fue. El bar, seguíamos allí, bebiendo mucho, riéndonos de nada en concreto, se asemejaba a ese infierno al que Luiz pensaba mudarse en breve, o tal vez al que quería dejar atrás de una vez para siempre. Nos desternillábamos con cualquier cosa, con un gordo, con un flaco, de un alto, de un enano, pero nos reíamos, sobre todo, de nuestra propia presencia y de nuestra ridícula pantomima, dos grotescos muñecos de trapo y cartón piedra, mal hechos y peor pintados, colgando de hilos, en manos de un titiritero chiflado, triste, cursi y absurdo. Dos fantasmas reflejados en fantasmas. Viendo nuestros rostros con claridad al mirar los rostros de otros, los ojos hinchados, los cien kilos de grasa que intuíamos escondidos dentro de nosotros mismos esperando a salir, como termitas de dentro de un mueble. Y seguíamos bebiendo y diciendo tonterías.

—¿No es para pensar seriamente en morirse? —dijo de pronto, como si la conversación aplazada luchase por salir. Pero yo ya estaba demasiado borracho para entrar en harina.

—Que sí, Luiz, que sí, que te doy toda la razón, que estoy contigo.

Creo que fue entonces cuando Luiz levantó su botella de cerveza, a modo de brindis, y me dijo:

—No te voy a echar de menos, querido amigo, no voy a echar de menos nada de esto.

Se entra en el bar muy serio, se sale diciendo mamarrachadas; las termitas, mientras tanto, siguen a lo suyo, concienzudas, empeñadas en su trabajo de demolición, debajo del parqué, tragándose a velocidad invisible, pero comiéndose al fin y al cabo, los cimientos de la casa.

—Envejecemos, camarada, lo mires como lo mires.

Creo recordar (o me dio la sensación) que lo dijo mirándome la incipiente barriga y el triste clarear de mi tupé, en franca y cobarde retirada.

—Seguir con esto sería insensato —añadió mientras se levantaba y trataba de ponerse derecho.

Entendí que había llegado el momento de irnos.

Salimos del bar y escuchamos aún la música durante unos minutos, unos pasos, hasta que después, sin más, desapareció.

De vuelta a casa paramos a rezar por si acaso en una iglesia, una pequeña ermita, en realidad, en la que hacía un frío terrible. Yo pensaba que estos sitios eran más cálidos, pero imagino que es difícil calentar piedras con velas. Siempre había supuesto que Luiz creía en Dios, porque se lo tomaba muy en serio, tanto que daba risa. Aunque a lo mejor no debería tomarme esto de Dios a guasa. Me consta que hay quien consigue que Dios le ayude, le consuele y hasta le guíe, me da cierta envidia, yo no he conseguido ni que se aprenda mi nombre. Le miré rezar durante un rato como quien ve un barco desde la ventanilla de un avión en mitad del océano. Un punto diminuto sin conexión alguna con el observador, navegando en mitad de la noche muy lejos del pasajero insomne que ocupa el asiento de clase turista 42A. Sólo que en el avión puedes pedirle al amable servicio de a bordo que te traiga un whiskey, y en este otro cielo en que anda Luiz no.

Cuando acabó de rezar, me dijo muy serio:

—Es curioso, llevo toda la vida rezando y no he creído ni por un segundo en Dios.

No pude ocultar mi asombro.

—Yo siempre había pensado...

Me interrumpió enseguida.

—No, no, en absoluto. Si algo me entusiasma de la muerte es que sea el final definitivo de todas estas patrañas. No el siguiente capítulo de nada.

—Y entonces, ¿por qué demonios rezas tanto?

—Me gusta cómo suena dentro de mi cabeza.

—Ésa no es razón suficiente. A mí me gusta la casquería, pero no me arrodillo para comerme unas criadillas.

—No tengo nada que demostrarte. ¿Qué son criadillas?

—Eso ahora no viene al caso.

—No te enfades. ¿Están buenas?

—Según a quién preguntes. Volvamos a Dios.

—¿Son tipo callos?

—Sí, bueno, no... La textura es más como la de los sesos. Pero volvamos...

—¿Se guisan igual que los sesos?

—Se pueden rebozar como los sesos, pero lo más sencillo, y para mí lo mejor, es hacerlas a la sartén, con dos dientes de ajo, unas gotas de aceite de oliva, sal y pimienta...

—Me tienes que enseñar.

—Cuando quieras.

Pocas veces confieso mi amor por Luiz en público (sin contarles a ustedes). Pocas veces o casi ninguna me atrevo a hablar sinceramente de este anhelo tan exagerado, desesperado y suplicante hasta el bochorno, porque en las raras ocasiones en que me he ido de la lengua (delante de Alma, por ejemplo, y también puede que a Giorgio le mencionase algo) siempre noto cómo mis amigos se incomodan con el relato de mi insensata devoción y acto seguido me preguntan si de veras pienso que Luiz está a la altura de tamaña pleitesía.

Y yo me digo: ¿a qué altura tendría que estar? Si el pobre no ha hecho nada. Si soy yo quien, partiendo de su mera presencia, lo ha elevado a su actual desproporción, quien lo ha elegido como víctima de su idolatría y, por tanto, le ha dado el tamaño que le ha venido en gana. El de las figuras gigantes de la isla de Pascua, si se me antoja. Él en este asunto es del todo inocente. Y, además, claro que existe un Luiz real (no como los supuestos marcianos de Pascua), pero no es exactamente igual, ni se parece, en ese obstinado ser uno mismo del mundo verdadero, al sujeto que sólo existe en mi imaginación. Nadie es exactamente lo que otro ama, odia, detesta o admira, a poco que uno lo piense. Él no tiene, en definitiva, culpa alguna de mis delirios, como ningún destinatario de una pulsión amorosa tiene que avergonzarse de que un imbécil decida amarlo. Por decirlo claro, los peces no eligen a los pescadores.

Sin embargo, mis pocos amigos coinciden en que mi forma de querer a Luiz es peligrosa, antinatural e incluso amanerada hasta el sonrojo.

Y yo me digo (ya ligeramente enfadado): y qué si soy amanerado, o alto, bajo, gordo, trapecista, abogado, piloto de pruebas, forjador de fragua, domadora de circo o mostradora de galletas de nata...

Maneras insensatas de acorralar a un ser humano en el claustrofóbico espacio de una definición. No hay personalidad que no haya sido construida con meras especulaciones, caprichos de la mirada, por qué no aplicar entonces el mismo método al noble empeño de la magnificación. Los ojos prefieren mirar titanes antes que ratas. Dejadme en paz, malditos verificadores, contables de la apreciación ajena, funcionarios del criterio adecuado, permitidme al menos que dibuje mis sueños a mi antojo. Es más (ya definitivamente cabreado), ¿qué os importa? ¿Acaso me meto yo con vuestras preferencias, vuestras causas, vuestros hijos, vuestros jardines, acaso pisoteo yo vuestro pastel favorito, o le cambio el nombre a vuestro perro? ¿Elijo yo vuestra melodía preferida o el destino de vuestros viajes, gustos o afectos? ¿Escojo yo tu corbata? ¿Pinto las paredes de tu salón de mis colores predilectos?

Si el capricho es una flecha de dirección errática, ¿quién me dice a mí que la mía es la equivocada? ¿Por qué no puedo ser yo tan capaz como cualquier otro arquero? ¿O al menos tan arquero como cualquier otro arquero?

Es mi carcaj, por el amor de Dios. Y si es mi carcaj, son mis putas flechas.

Si Luiz es mi nudo elegido, ¿qué me impide atarme con él de pies y manos?

¿O apretármelo alrededor del cuello?

Mortal gargantilla.

Estaba un poco borracho, no sé si sirve como excusa, suelo pensar cosas así cuando bebo...

En cualquier caso, fue entonces, al salir de esa ermita, cuando se me ocurrió.

Hiperoxia.

Creo que sin darme cuenta, lo dije en voz alta.

—¿Qué? —preguntó Luiz, que también andaba trastabillando y medio achispado.

—No he dicho nada.

—Perdona, me había parecido escuchar hiperoxia.

—Ni sé lo que es eso.

Contesté lo más deprisa que pude y enseguida cambiamos de tema. Para ser exactos, no cambiamos de nada, simplemente volvimos en silencio a casa. Abrazados o, mejor dicho, apoyados el uno en el otro, haciendo cuña, para no caernos desparramados por las dunas; mi equilibrio era aún bastante precario (incluso sobrio) y a punto estuve de tirarle por la arena varias veces. La cabaña de Luiz está al final de unas dunas no muy altas capaces en cambio de enredar los pies de dos borrachos con la habilidad de un duende invisible que te atase, travieso, los cordones de los zapatos.

Sin saber bien cómo, tal vez porque íbamos juntos, llegamos sanos y salvos a casa.

IX

Hiperoxia: exceso de oxígeno en un organismo.

Y lo que es más interesante: toxicidad del oxígeno bajo presión atmosférica. Les ocurre a submarinistas bajo una presión superior a 1,4 atmósferas, o en el caso de utilizar una concentración inadecuada de oxígeno, nitrógeno o helio a una profundidad inferior, cercana a los treinta-cuarenta metros.

Y lo que ya es la monda: narcosis de nitrógeno, también llamada por los buceadores experimentados «arrebato de las profundidades» o (esto creo que les va a gustar) «efecto martini». La narcosis de nitrógeno está causada por las grandes presiones parciales de nitrógeno, y los síntomas son parecidos a los de una intoxicación por alcohol. Puede notarse a partir de los treinta metros de profundidad y los afectados tienden a sentirse desorientados y, a menudo, eufóricos. En casos extremos puede producir episodios epilépticos, desmayos y, por consiguiente, la muerte.

Todo esto explicado a grandes rasgos (y seguramente mal), sólo soy un buzo aficionado, pero lo mismo da. Olviden por un momento todo lo demás; atención, en cambio, a lo de la euforia.

Así he decidido morirme.

Me pongo eufórico de sólo pensarlo.

Hagamos un inciso (otro, en realidad): de todas las cosas que les he dicho que nunca hice, al menos en una sí que he mentido. Sí que jugué con un pez escorpión a cuarenta metros de profundidad en los mares del Sur, en una isla remota de la costa malaya. Ya les dije que en ocasiones caía algún bonus de mi pequeña empresa, y me dio por ahí. La oferta de la agencia de viajes me pareció invencible, teniendo en cuenta que iba a ver con mis propios ojos los mares que surcó Conrad. O como poco sus playas turísticas atestadas de alemanes sexagenarios, *hippies* australianos y, por supuesto, ruidosos y entusiastas italianos.

El destino en cuestión, después de mucho tratar de acordarme, creo que se llamaba islas Perhentian y son dos, una frente a otra, de aproximadamente siete kilómetros cada una. A una distancia que se puede nadar con facilidad o cruzar en una chalupa de remo, siempre que la mar esté tranquila y las corrientes lo permitan. Un sitio precioso, con el agua clara como cristal en la superficie y oscura como noche cerrada ahí abajo. Me hubiera gustado ir con Luiz, claro, pero andaba perdido en Brasil, así que tuve que ir solo. Al principio no me apetecía nada eso de hacerme submarinista, sólo quería tumbarme en la playa, comer *roti canai*, mirar los monos voladores, beber cerveza Tiger (de Singapur, éste es un país musulmán, al fin y al cabo), nadar, si acaso hacer *snorkel* alrededor de los arrecifes de coral. Disfrutar, en suma, de mi paquete de vacaciones de precio fijo, sin correr riesgos. Pero el caso es que un simpático instructor australiano de buceo al que conocí en el bar del hotel hizo que me picara el gusanillo, y me lancé al mar, previo paso por la piscina, y acabé haciendo el curso entero. Hasta conseguí mi diploma PADI y todo, después de un descenso en aguas abiertas a los reglamentarios cuarenta metros de profundidad. Y sí, vi morenas, tortugas gigantes, rayas igual de gigantes, los estrambóticos peces escorpión y creo que, de lejos, algún tiburón, aunque puede que eso fuera fruto del miedo, porque, como digo, allí abajo está muy oscuro y apenas si se ve lo que está frente a la linterna.

¿Por qué me acordé de pronto de aquella aventurilla? Porque fue entonces cuando escuché por primera vez esto de la muerte eufórica. Y, como bien saben, había decidido morirme para darle a Luiz en las narices (y, de paso, quitarle a él la grotesca idea), pero por nada del mundo quería sufrir dolor haciéndolo, ni estaba dispuesto a experimentar la tristeza o la angustia que sin duda acompaña inevitablemente a ese último momento, en el que uno tiene que pensar, sin remedio y demasiado tarde, que quizá no haya sido buena idea esta bobería de suicidarse. No me quería morir arrepintiéndome sino eufórico, y ese efecto martini previo al desfallecimiento final era justo lo que necesitaba.

Ahora sólo se trataba de hacerme con las bombonas.

Supongo que la pista me la habían dado, de manera indirecta, esos maniquíes de hombres rana al caer durante la trifulca con el supuesto espía en la tienda de cebos de Simão, y sólo días después había rebotado, como suelen hacer las ideas, hasta que la encontré de vuelta en el transcurso de aquella noche borracha y reveladora en la que acabamos en la ermita.

Primero, como es lógico, pensé en recurrir a Simão, pero me pareció muy feo hacerle al pobre cómplice indirecto de mis malvados tejemanejes. Por supuesto que nunca le habría contado mis verdaderas intenciones, pero cuando todo esto se supiera, es decir, se supiera que este idiota había sido tragado por el océano, no iba a poder evitar Simão sentirse un poco culpable por haberme facilitado el equipo, así que descarté contar con él y me dediqué a buscar una tienda de buceo en la zona de Troia. Por fortuna siempre llevaba mi carné de PADI en la cartera, vaya a saber Dios por qué, por si venía al caso en alguna conversación, aunque nunca conseguí que saliera el dichoso tema, o tal vez porque es una de las pocas proezas (sé que es exagerado llamarla así) que he realizado en mi vida. Pero bueno, el hecho es que había conservado el papelito en cuestión y lo llevaba siempre en la cartera, así que no tenía más que encontrar la tienda adecuada. De todas las asociaciones de buceo, la más extendida y respetada universalmente es la Professional Association of Diving Instructors (PADI); han expedido casi treinta millones de certificados de buceo recreativo en el mundo y son sin duda los mejor organizados (o eso me contaron cuando me vendieron el curso). Armado con mi carné podría conseguir las bombonas, los lastres y, lo más importante, las botellitas de emergencia suplementarias que calculaba resultarían esenciales para el gran cebollón de nitrógeno que pensaba pillarme cuando llegase a la profundidad adecuada, esos treinta-cuarenta metros de rigor necesarios para que la presión hiciera su elegante trabajo.

Por si acaso, lo revisé todo en Google. Claro está que no hay tutoriales para matarse en las profundidades, pero sí para impedirlo, y no hay más que darles la vuelta para hacerse una idea bastante aproximada de cómo no fallar.

No es por presumir, pero estaba la mar de contento (y nunca mejor dicho) con mi plan. Era más rápido, mucho más barato y mucho menos cursi que el de mi amigo Luiz.

Mientras me dedicaba en secreto a concretar los detalles, me sentía frente a él más entero que nunca, hasta menos gordo y más alto (más guapo no, tampoco me estaba volviendo loco, pero sí audaz), y, al tiempo, excitado y nervioso, lo cual me preocupaba de esconder con gran celo, como si le estuviera preparando una fiesta sorpresa.

Conseguí encontrar por internet un cinturón de lastres y seis botellas de emergencia, de esas llamadas biberón, que también se utilizan para el *snorkel* si se quiere ganar profundidad y tiempo de disfrute. Calculé que con tres o cuatro podría bajar despacio al menos unos treinta metros y que las restantes bastarían para lo mío de la euforia y la muerte. No te las mandaban a casa así como así, tenías que recogerlas, por culpa de la legislación, en una tienda autorizada, pero ya estábamos más cerca. Ya resolvería todas esas minucias con un poco más de tiempo y dedicación, me decía a mí mismo. El verano es largo. Nada puede detenernos ni nada puede preocuparnos. Reconozco que en ocasiones me hablo en plural, sobre todo si noto que con el coraje de uno solo no me alcanza. La voluntad era la clave (nos decíamos). Casi siempre funcionaba, esto de desplegarme en muchos para ayudar a uno. Ya me veía descendiendo hasta donde el mar deja de ser azul para ser adorablemente negro y final. Hundiéndome poco a poco hasta desaparecer. Hasta el momento en que, sin más, se apagase la luz de mi linterna submarina. Y yo no fuera más que un bulto oscuro en la inmensa oscuridad. Un bulto eufórico, eso sí, y ensimismado, callado, inocente, tal y como empecé.

Quería desaparecer muy contento.
Cayendo hasta lo más hondo.
Sin hacerle daño a nadie.
Sin incordiar.
Antes que él.
Tranquilo.
Muerto.
Abajo.
Feliz.
Allí,
yo.

Ni que decir tiene que aquella noche dormí como un niño. Al menos, al principio.

Soñé con Bernice. Sólo que, en lugar de vieja y malhumorada, era joven, radiante y estaba contentísima, sobre todo conmigo. No se parecía en nada a la duquesa desgastada en el exilio a la que había conocido, sino a la mujer arrebatadora que me habían contado, en la que estaba basada su leyenda, y a las fotografías de los setenta que había visto en casa de Luiz. Era por fin como se merecía ser y no como yo la veía. No paraba de decirme que me quería mucho por ser el mejor amigo que Luiz pudiera desear, el mejor amigo que Luiz había tenido nunca. Uno capaz de dar la vida por él. Pero no me lo decía a mí exactamente, se lo decía a un muerto, y entonces me percaté, en el sueño, de que aquello era mi entierro. Estábamos (bueno, yo de cuerpo presente) en el cementerio de la Almudena y llovía a cántaros. Siempre he preferido los entierros con lluvia, me parecen mucho más propios.

También aparecía por ahí Anselmo Cárdenas, qué gran tipo. Y Alma, claro, con su vieja carpeta de bocetos bajo el brazo, de la que sacaba un precioso retrato de cuerpo entero de un tipo que se parecía mucho a mí aunque más alto y más delgado, más elegante y apuesto, por lo demás; como digo, igualito a mí. Alma lloraba, tratando de contenerse pero sin poder evitarlo, tal era el cariño que siempre me había tenido.

Y hasta el viejo Terry se presentaba, escoltado por su escuadrón de bomberos al completo, y alzaban todos sus hachas en señal de camaradería y despedida. Y el bueno de Giorgio, que fue el único tan honesto como para decirme que, en honor a la verdad, nunca me había tenido demasiada simpatía (cosa que, conociéndole, no quise creerme). Por supuesto no podía faltar mi tía Aurora, que venía a presentar sus respetos, a corroborar su eterno agradecimiento por cuidarla tanto (y llevarla al cine) y a decirme que nunca, jamás, sospechó de mí, ni por un momento, a pesar de los rencorosos de mis primos..., y justo entonces llegaban mis primos, o lo que así al bulto parecían mis primos, porque tampoco les ponía ya cara, a pedirme disculpas por su abyecta conducta de antaño y a desearme la mejor de las suertes en esta nueva vida del más allá. Mi madre, ¡no podía faltar!, con sus galletitas de nata y su prima, las dos muy monas, rodeadas de galanes zalameros. Y mucha otra gente a la que también había odiado a conciencia, pero de la que no me acordaba. Todos y cada uno con lágrimas en los ojos, flores en las manos y barro en los zapatos. A lo lejos sonaba una noria, y había niños disfrutando de grandes madejas de algodón dulce que, curiosamente, no se mojaba. Parecía una película de Frank Capra, de tan idiota y cursi que era todo. Tanto que sentí un retortijón en el alma, como si fuese a vomitar, y me desperté entre sudores y náuseas.

Por supuesto, en cuanto dejé de soñar con mi precioso ahogamiento y mi fabuloso entierro y me dediqué en serio a prepararlo todo, el asunto se volvió mucho más complicado de lo que había previsto. Y cómo no. ¡Ha sido así todo en mi vida! Fracaso tras fracaso, hasta el desastre final. Como si la maldición no acabara nunca y se agazapase detrás de cada empeño. ¿Es esto vivir? ¿No puede salir nada bien?

¿Por qué la realidad se obstina en ser tan impertinente con el deseo?

Para empezar, la tienda más cercana donde encontrar el equipo necesario estaba a más de treinta kilómetros de Carvalhal, no muy lejos, me dirán, pero recuerden que no sé conducir, y no podía contar con Luiz para que me llevara. Eso suponía hablarle del buceo, y después de mi tumor cerebral no creo que le hubiese parecido la mejor idea; de hecho, durante esos días pasados, cuando íbamos a nadar apenas me dejaba alejarme unas brazadas de su lado y mostraba una sincera preocupación por mi salud. Segundo, mi carné PADI estaba caducado, sólo tenía validez por dos años y había que renovarlo periódicamente, con el consiguiente informe médico positivo. Lo cual, por razones obvias (el maldito tumor otra vez), no podía aspirar siquiera a lograr. Tercero y más importante, una noche me derrumbé y acabé contándole a Luiz todos mis planes.

Lo siento, no pude evitarlo.

Vino Alma a visitarnos por sorpresa, y creo que eso tuvo algo que ver.

Se presentó sin avisar, al menos que a mí me conste. Llegó en su propio descapotable de segunda mano, un Alfa Romeo Spider colorado que se habrá comprado con el dinero de todas esas portadas del *New Yorker* que ahora hace y todas esas exposiciones y todo ese éxito mundial que tiene desde hace, como quien dice, dos días.

Apenas dijo hola y ni se molestó en preguntar cómo nos iba. Se autoinvitó a cenar, se lo zampó casi todo, lo suyo, lo mío, lo nuestro, bebió todo lo que quiso y, cuando estábamos mirando ya la luna, empezó a decirnos a la cara que éramos un par de idiotas enamorados de nosotros mismos.

Juntos (el uno al otro) y por separado, cada uno de sí mismo, y que, de alguna forma, nos merecíamos. Pero que por otro lado le caíamos muy simpáticos, y que por nada del mundo se nos ocurriera estar muy tristes y mucho menos matarnos, ni nada parecido. Es más, lo dijo todo así del tirón, como quien da una orden y confía tanto en la cadena de mando que no espera réplica ni desobediencia alguna.

Y al mismo tiempo de una manera tan encantadora que no resultaba posible no darse cuenta de que nos tenía, incluido a mí, un aprecio sin duda inmerecido.

Yo no supe qué decir, de tan encandilado como estaba.

Luiz, en cambio, como si nada, le sirvió otra copa y asintió con la cabeza.

No sé si con eso quería decirle que tenía toda la razón, o si simplemente estaba contento de verla o si trataba de dar a entender que le importaba todo un bledo.

Después seguimos mirando la luna, hablando de cualquier cosa, y lo cierto es que lo pasamos de maravilla. Hasta pusimos música y bailamos canciones (cómo no) de Carmen Miranda. Creo que Luiz y ella durmieron juntos esa noche.

Al mediodía, cuando me desperté, Alma ya no estaba.

X

Supongo que ya se habrán percatado, desde el principio, de que toda mi estrategia era absurda. Yo lo hice, en cambio, demasiado tarde. Me pasa desde niño, que empiezo a trazar métodos disparatados para llegar a algún sitio, conseguir alguna meta, construir un bólido de madera, por ejemplo, o completar un diorama a escala de la batalla de Isandlwana (la más severa derrota del Imperio británico frente a los zulúes), y, engañado por el entusiasmo, no me doy cuenta de lo poco o nada sólidos que son mis propósitos. Y así es como acabo con tres ruedas y un cajón, sollozando en el garaje, o con apenas seis casacas rojas y tres o cuatro zulúes sentado en el suelo de mi habitación, contemplando decepcionado lo que debería haber sido una épica victoria.

Como cuando soñé con besar a Alma o con esto de suicidarme. Poco a poco, la falla original en la construcción, la debilidad intrínseca de los cimientos, del cálculo de la estructura, corre en paralelo al paulatino debilitamiento de mi ilusión, hasta que las puñeteras termitas se lo comen todo. No es que se derrumben mis construcciones, es que en realidad se desvanecen.

Y entonces me quedo con nada en las manos, mirando mis palmas vacías, como quien reza, aunque no le esté rezando a dios alguno. Visto de lejos, parece más bien que estoy mirando a ver si llueve.

Nunca, nunca ni a ningún lugar irán mis empeños, sólo serían capaces de tan largo viaje mis logros.

Y logros no tengo.

Soy incapaz de pintar más de media docena de soldaditos de plástico (y sin mucho detalle).

Jamás la oscuridad del mar se tragará mi cuerpo. No habrá gloria ninguna. Ni euforia. Ni Alma. Ni pérgola. Ni bólido. Ni nada. Sólo Luiz.

Pero qué le vamos a hacer.

Me dio entonces por pensar que tal vez Luiz se había percatado en secreto del tamaño del sacrificio que estuve más que dispuesto a hacer por él. Muy mal dispuesto, todo hay que reconocerlo, pero la intención es lo que cuenta, ¿no? Sabía que no tenía sentido creer a mi amigo tan perspicaz, o tan interesado por mi suerte, pero así a lo tonto me reconfortó imaginarlo. Y me vine arriba. Si uno, aunque sea torpemente, se decide a amar, o a matarse para el caso, ¿no hay algo heroico ya en ello? No ser capaz de terminar una tarea no le resta brillo al entusiasmo; hay cierta gloria en esto de intentar llevar a cabo grandes tareas a sabiendas de que se fracasará sin remedio.

No sé por qué, pero, rumiando esta absurda idea, me invadió una extraña paz. Y regresé de inmediato a mi buen humor habitual. Y, en consecuencia, a pesar de que me acababa de levantar y no había desayunado, me fui a por dos cervezas y encontré a mi amigo tan contento, silbando por el jardín, mientras cortaba unos tallos o arrancaba malas hierbas, o lo que se suponga que se hace en un jardín, o en un parterre medio asilvestrado, que viene siendo más el caso.

Luiz y yo nos sentamos en sendas hamacas a resguardo del sol, bajo una parra, mirando lo poco que dejaban ver del mar las nuevas construcciones que rodeaban y cercaban la cabañita, como los malditos rusos alrededor de Kiev. Bueno, más que hamacas son tumbonas oxidadas que le compramos a tío Julio, un encantador chamarilero local de un solo brazo, pero eran cómodas y un poco de mar se veía.

Estuvimos mucho rato en silencio, hasta que por fin me atreví a decir algo.

—¿Y ahora qué vamos a hacer?

Luiz me contestó sin mirarme, pero con una sonrisa en la cara.

—Y qué más da, querido amigo. Cualquier verano es un final.

Este libro se terminó
de imprimir en
Móstoles, Madrid,
en el mes de
febrero de 2023